淘金岁月

郑航 ◎ 著

北京日报出版社

图书在版编目（CIP）数据

淘金岁月 / 郑航著 . -- 北京 ：北京日报出版社，
2023.4
（新时代散文）
ISBN 978-7-5477-4422-2

Ⅰ . ①淘… Ⅱ . ①郑… Ⅲ . ①散文集－中国－当代
Ⅳ . ① I267

中国版本图书馆 CIP 数据核字（2022）第 202977 号

淘金岁月

出版发行： 北京日报出版社
地　　址： 北京市东城区东单三条8-16号东方广场东配楼四层
邮政编码： 100005
电　　话： 发行部：（010）65255876
　　　　　　 总编室：（010）65252135
印　　刷： 成都市兴雅致印务有限责任公司
经　　销： 各地新华书店
版　　次： 2023年4月第1版
　　　　　　 2023年4月第1次印刷
开　　本： 880毫米×1230毫米　　　1/32
印　　张： 6.5
字　　数： 146千字
定　　价： 68.00元

前　言

2011 年，我还在广州，职业生涯进入了"瓶颈"期。迷茫了一段时间以后，重新拾起了过去的爱好——写作。

此后，利用工作之余，陆续写了一些日记体散文，在 QQ 空间和新浪博客上发表，自娱自乐。边写边把书柜里尘封已久的散文大家鲁迅、郁达夫、沈从文等人的散文集翻出来阅读，渐渐地对什么是真正的散文有了一点朦胧的感觉。写了十几篇以后，开始到天涯论坛的散文板块去发表。虽然互动的频率和热度不高，但是认识了一些写散文的朋友，并且通过他们最终找到了新散文观察论坛这一个聚集了一大群散文写作者和评论者的阵地。

2013 年，我辞去工作，告别妻儿，到天津读书。在天津的三年，也是我在新散文观察论坛混迹的三年。认识了论坛创始人楚些教授和一些散文作者朋友，渐渐知道了现在的新散文和过去的旧散文已经有很大不同，也意识到了自己过去的习作之稚嫩。这三年里，陆续又写了一些散文发表在论坛里，和文友的互动成为那段时间在学习和工作之余的最好消遣，并且渐渐有一些文章在刊物发表。其间，还参与了民间刊物《向度》的创办和《品城》栏目的编辑工作。这算是我的三年"文学青年"时期。

2016年，毕业以后，告别天津，来到了重庆，走上了新的工作岗位。近年来，迫于生计的压力和职业方向的转换，更多的精力用在了专业写作领域，也少有时间做文学作品的输入。没有了输入，也就缺乏了供给写作不断向上的养料，只能做重复的没有新意的输出。所以，散文写作日渐减少了。以至于最近的一篇散文——对天津生活的回忆——起意于三年前，完成于近日。

从2011年到2021年，转眼十年已经过去了，如白驹过隙一般。这十年里，从国家的情势到个人的际遇，都已经沧海桑田。终于在2021年年底，鼓起勇气来对这十年里写的散文进行了编辑修订和整理成册，算是对十年文学生涯的一个总结吧。

我把这些散文分成了四个部分。

第一辑是《淘金岁月》。这部分是对自己的广州生活和工作的反映。我的散文写作开始于在广州的职业生涯迷茫期和思考人生往哪里去的阶段，《淘金岁月》就是反映这个阶段的行迹和心情。回头来看，其实就是一个南漂客的漂泊和迷茫。

第二辑是《羁旅天涯》。由于工作原因，经常需要去各地出差，也让我有机会在年轻的时候能够见世界、见他人。《羁旅天涯》正是在广州工作期间的差旅生活的反映。有一些算是游记，有一些只是在路上的所见所闻、所思所想。因此，第二辑其实也是第一辑的延伸。

第三辑是《尘世微末》。这部分是对广州七年以外的人生阶段的反映，包括童年在老家、在天津读博，以及对过去的人和事的回忆。

第四辑是《朝闻夕逝》。主要是过去这些年写的一些杂文。不多，寥寥几篇。

编辑这本集子，首先是希望可以为小我和与小我所关联的时间和空间留下一些痕迹。其次，关于漂泊客、羁旅人、家乡情，这也是当下社会的职场人比较普遍的多重身份和多元情感。如果这些痕迹能够引起我的时空伴随者哪怕一点共鸣，我就知足了。

总结不是为了结束，而是为了开始。德国诗人荷尔德林说："人生充满劳绩，但是我们诗意地栖居在大地上。"我始终认为，散文写作是给作者提供一个向内的精神世界的存放空间。这对于像我这样的内向型的人是非常重要的。我必须在任何时候同时存在另一个我的安放之地。因此，我还会写下去，为了安放另一个我。

书的最后一部分是这些年一直保持联系的几位文友为这本书写的一点文字。感谢他们，他们都是优秀的散文作者，我的文学生涯，离不开他们的鼓励和帮助。他们和我的地理距离和工作领域相差甚远，大家仅仅因为对文字的纯粹的爱好，走到了一起，结下了缘分。我由衷地感恩。感恩遇见，感恩简单，感恩记得。

2022 年 3 月 11 日

目　录

淘金岁月

羁旅天涯

尘世微末

朝闻夕逝

附　录

淘金岁月

不久以后，这些姑娘结束实习，返回学校去了。此后，直到我离开黄花新村，隔壁再没有搬来新的邻居，过道里一直是空荡荡的，只有我一个人。

——《黄花新村》

淘金岁月

一

  淘金坑是广州的一个地名。也许在过去,那里有金可淘,所以得了这个名字,其实就是黄花岗后面的一块洼地。淘金坑的北边挨着恒福路,广州火车站发出的列车从那里经过。南边临着酒店、商场和写字楼。在二十世纪八九十年代,那一片是外国人从事外贸和商务活动的聚集地,也是广州最早的白领们上班和消费的地方,所以淘金坑里住着很多外国人和白领,有点异国情调和小资气氛。我到广州后的第一个住处,就在那里。

  我们当时是从友谊商店和世贸大厦之间的淘金北路进入淘金坑的。先到广州的同事 M 带着我们在淘金坑里钻进钻出,找中介,看房。在广州,看房叫"睇楼",很有意思。

  那些天,正值雨季。广州的雨季与内地不同,刚才还是艳阳高照,突然间就倾盆大雨了,雨停后马上又是艳阳高照。于是,脸上是雨水还是汗水,也分不清楚了,我只能确定,没有泪水。

  走到淘金北路尽头的半坡处的三岔路口,有家"黄振龙"

凉茶铺，下雨的时候，我们在那里面避雨。装着各色凉茶的锃亮开水壶一字排开，摆在档口，用小牌子标出不同的名字和功效。纸杯装的三元一杯，瓶装的四元一瓶。有一次，我要了一杯癍痧凉茶，喝了一口，比中药还苦，颠覆了我对茶的印象。此后这些年，好像我也就喝过这种凉茶，其他的连名字都没留意过。

M 长得一副老板派头，租房经验老到。中介都以为他是我们的老板，所以围着他转，认为把他搞定了，我们这些小跟班就自然没意见了。我也乐意当个小跟班，跟在"老板"后面，一把汗，一口水，顶着烈日或暴雨，左看看，右看看，和我的现在九个月大的儿子出门在外的表情差不多，怯生生的，好奇着，兴奋着。

几经周折，我们几个最后到广州的人，在公司把我们赶出宾馆以前，终于找到了一个住所，一栋二十年左右的老楼。还不错，有电梯，只是运行起来轰隆隆的。我一进电梯，就想到中学物理课本上的做自由落体运动的那个球体。

二

同住的另外有三人。

W，湘雅医学院毕业的湖南姑娘。年纪小，模样小，穿着红衣服，像个花骨朵，话题离不开校园里的人和事，很聪明。小 M，湘雅医学院毕业的山东大妞，有点大姐做派，却又学生气十足。我第一次见到她，就感觉她是从学校的实验室直奔广州来的。后来了解到事实也确实如此，临走前，她还给导师洗了几个瓶子。Q，西安交通大学毕业的小伙，婴儿脸，废话多，上大学时就喜欢在网吧里打游戏。有女同事说，他就是个"长大的婴儿"。

我们搬进去不久，就领到了第一笔工资，就那么一点钱，却是我们人生的第一次。于是在一个阳光普照的周末的下午，我们四人同去淘金坑里的重庆火锅店小聚。毕竟是刚出校门的年轻人，对未来充满期待，对成功充满信心。有工资，哪怕只够吃饭，有房住，哪怕是别人的，就觉得已经离成功很近，触手可及了。这家餐厅的火锅不错，很地道，和老家的和平桥边的满堂红火锅的味道有点像，我后来还请一位高中同学来吃过一次。总之，这一次聚餐后，我们四个天南地北的"南漂"的短暂的"同居"生活就正式开始了。

淘金岁月，无金可淘。

每天早上起来，衬衣领带，穿得人模人样的出门，太阳已经出来了。在路边买份早餐。那时候喜欢吃濑粉，一种圆条状的米粉条，加热水成糊状，有点像老家的油茶，加点萝卜干和虾米，还挺好吃的。穿过华侨新村，经过一栋栋几十年前的别墅，从"新大新"公司的旁边钻出去，过马路，到上班的公司，打卡上班。所谓上班，多数时间无事可干，工作基本靠发邮件，学习基本靠看资料，我都不知道每天是怎么从早坐到晚的。下班了，扯掉领带，拿着公司发的笔记本下楼，太阳已经西下了。过了马路，从新大新公司的旁边钻进去，经过一栋栋几十年前的别墅，穿过华侨新村，回到淘金坑里。

晚上有时候在外面吃，有时候大家一起做饭吃，有时候也请同事来吃饭。都是些刚进入社会的新人，对什么都感到很新鲜，学习做饭，学习生活。饭后，W喜欢在自己的房间里看动画片，玩卡丁车游戏；Q有时候在客厅里闲聊或者玩游戏；小M经常临睡觉了才敷面膜，蒙着个白"面具"，从房间里钻出来，关着灯，在客厅里看老得掉牙的电视剧——《西游记》《法网柔情》之类的。我有的时候在房间里看碟，路边买的。

印象深刻一点的是《迷失》和《神探狄仁杰》，两部片子都有点神神道道的，看得我那段时间也有点神神道道的。

到周末了，就去好又多超市或者菜市场逛逛，买菜做饭。那段时间学会了做菜，全靠从家里带来的一本老爸当年做的川菜菜谱。第一次做的炒菜居然味道还不错，很有成就感，不过后来再也没有做出过第一次的感觉来。那时候经常在想，出来一趟，即便一无所获，空手返乡，好歹还学会了做饭，能炒两个菜，回去也可以给家里个交代了。

开始我和 Q 同居一室，后来他的女朋友来广州了，他就搬出去了，剩下我一个人，形影相吊。又是一个阳光普照的周末的下午，我把房间收拾了一下，用椅子当沙发，拿窗帘当桌布，看着暖人的阳光从阳台的窗口透进来，照在桌面上，居然也很有满足感。

阳台上有个小池子，里面有山有水，有路有桥，缺生气。我去买了三条金鱼、两只乌龟养在里面。后来金鱼死了一条。我很后悔为什么买三条金鱼，我确信死的那条一定是因为另外两条相好了，自己寂寞郁闷而死的。有时候我也在阳台上看看对面的新建的高楼，那是外国人和高级白领住的地方，当时一平方米一万元左右，我觉得自己这辈子也买不起。若干年后，那里已经是一平方米四万元了，当然，我还是觉得自己这辈子也买不起。

房东每个月来收一次房租，会到客厅里坐一会儿。女生都躲在自己的房间里，我会陪他聊会儿天。说实话，老头儿人不错，通情达理，觉得我们这些后生背井离乡的，不易。老两口经常一起来，他的太太很瘦削，却很优雅，很少说话，只安静地坐在他的身边。

三

有时候也出去逛逛。淘金坑虽小，却什么都有。海鲜酒家、烧腊外卖、西餐厅、茶餐厅、酒吧、书吧、药店、咖啡店、小超市……还有很多卖衣服和饰品的小店，门面很小，门口放着绿色植物，橱窗玻璃上用中英文写着商品信息。路口半山坡的肯德基和好又多超市，门面也很小，里面却很大，我总感觉那是山洞。

淘金坑里有很多外国人出没，白人、黑人和穿纱丽的人。他们喜欢逛好又多超市，喜欢买里面的硬邦邦的黑面包，喜欢流连咖啡馆、酒吧和路边小店。黑人妇女体态丰盈，她们穿着五颜六色的民族服饰，戴着满身的金饰，搽着很浓的香水，和她们擦身而过，香水的余味能陪伴我到公交车站。阳光下的淘金坑，混合着广东的烧腊味、四川的火锅味、外国的香水味，各种气味之上弥漫的是慵懒的生活味。

有个洞口，通往恒福路，一列一列的火车哐当哐当地经过。我喜欢在那里发呆。这些火车大概是从二十几年前武汉的冬天开过来的。那时候，我随父母路过武汉，住在江汉油田招待所，晚上总是听到招待所外面的高架桥上，火车哐当哐当地经过。火车会开到哪里去呢？我想啊想，睡不着。现在，我知道了，火车开到了二十几年后的广州的夏天，开到了淘金坑。阳光刺眼，我站在路边，看着火车哐当哐当地经过，我不知道火车又将开往哪里，我很迷茫，我很惆怅。

我们住的这一带，大小的烈士墓很多。

黄花岗就在附近，有时候傍晚进去逛逛。黄花岗里面空气清新，竹林幽深，遍布着大小的烈士墓，人迹罕至处，有一点阴森。一个傍晚，我在里面散步，天色灰暗，我走到一处偏僻的墓园前，突然，一个人影从碑后的石门里闪过，吓了我一跳，此后，我再也不敢在晚上一个人进去了。另一次，我陪一个外地来广州出差的朋友进去逛，他转了一圈，感慨道："男人，就该像这些人这样，做大事啊！你看看我们，整天都在干些什么！"悲愤之状，溢于言表。他一边说着，一边大步流星地走起来，我跟在他的后面，看着夕阳的余晖照着他的高大的身躯，顿时觉得自己很渺小。我太渺小了，从小没有强健自己的体魄，长大了也没有升华自己的精神。我进来无数次了，怎么就只会发呆，发不出这样的感慨呢？

淘金坑周围住了很多同事，都是那一年到公司的新人。周末的时候，我们会互相串门。大Y当时和另外三个男人，住在宾馆后面的两室一厅里，两人一间。一个周末的晚上，我跟着大Y去他们家蹭饭，喝了点酒，微醉。大Y在公司里做行政，是个很有才华的小伙子，不过我对他当时的厨艺不敢恭维。晚上，跟他同居一室，听到他谈起自己的长远规划，我彻夜难眠。夜深人静了，他突然幽幽地问我：

"以后有什么打算？"

我沉默半晌："不知道……"

"我觉得你还是适合去学校当老师。"

"唉！……"

半年后，到年底了，父母要到广州来过年。我在不远处的黄花新村小区里找了一个大一些的新住所，搬出了淘金坑。告别了两个"同居室友"，也告别了我的安静无聊的淘金岁月，开始了动荡颠沛的生涯。不久以后，淘金坑里的同事们也陆续离开了，或者搬去了别处，或者离开了广州。最后一个离开淘金坑的是W，去年去了深圳。

2013年5月3日

黄花新村

一

帮我搬家的同事都走了，房间里立时空寂了下来，只剩下我一个人。

客厅的地面镶嵌了绿色与白色相间的马赛克。在童年的记忆里，马赛克是个时髦的东西，那时候的建筑表面喜欢用马赛克来装饰，顽童也很容易在建筑工地上捡到废弃的马赛克作为玩具。马赛克流行的时间不长，后来逐渐淡出视野以至于多年不见。没有想到，再次相见，却是在这里。这些马赛克的表面早已经被顽固的污渍掩盖了光泽。

客厅不小，却只有一个旧式电视柜、一个简易的茶几和一个可以拆开做床用的三人木沙发，一律是没有光泽的黄色，黄得发暗。天花板上挂了一台沾满油渍的墨绿色吊扇，还能转，声音很大。门口还有一台只剩下三只脚的冰箱，塑料商标已经脱落了一半，刚好是商标中娃娃垂下的头。

客厅两侧各一门，通向两个房间。一个房间的门上了锁，可以把它当作墙壁的一部分。房间里面的东西，对我是一个谜。另一个房间就是我的卧室。卧室很小，里面有一张单人床、一个茶几、一个衣柜，一律是没有光泽的红色，红得发暗。卧室的墙壁上有一面小窗，朝向大街。说是窗，其实就是一个通向外界的洞口，它让这个房间像一个囚室。

客厅通往阳台。我来到阳台上，看到角落里有一个铁桶，里面装满了被丢弃的女鞋，各种款式，五颜六色。这应该不是房东的，房东是一个四十多岁的传统女人，是杂志社的编辑，不漂亮，很朴素。也许是上一个女租客的，我想。这会是怎样一位女士呢？有这么多花花绿绿并不名贵的鞋子，走的时候，又丢弃了。

阳台的外面就是环市东路，广州最繁华的路段。对面是远洋宾馆，最早的涉外宾馆之一，即使在五星级酒店林立的今天，这个略显陈旧的宾馆仍然是很多来广州做商务旅游的外国人的首选。一楼的大厅门口经常会有很多穆斯林或者黑人模样的男人和女人进出，隔了一条街，我都能闻到他们身上浓烈的香水味。左边是区庄立交桥，周围密布着写字楼，我也在那一带上班。右边不远就是花园酒店和白云宾馆。这样一个寸土寸金的地段的大路边上竟然会存在这样一个破旧的小区，有一点费解。

隔壁是三口之家，和我共用过道与大门，我们算是同一个门牌号下的两户人家。女人是不上班的，在家带孩子。打扮不像是城里的人，瘦得竹竿一样的身子，脸色苍白，毫无血色，却并不算难看。她看到我会热情地招呼。这热情仅限于语言上和嘴角边，那眼神却总是在告诉我她的谨慎和防备。我见过一次她的男人，并且请他来我这边坐了一支烟的时间。他说他在铁路上工作，回家少。这竟然是我唯一一次见到这个男人，以至于对他的面目已经没有任何印象。

第一个晚上，我就失眠了。环市东路上，通宵都车来车往，喧嚣声经过卧室窗口，像蚊子一样，不停地在耳朵边嗡嗡地叫。我从来没有在这样的环境里生活过，一夜难眠。第二天，第三天，依然如此，并且越发烦躁，几近崩溃。第四天，我想搬家了，甚至已经开始在网上寻找新房源。不曾料到，到了周末，我居然睡着了。耳边的聒噪，置若罔闻。

我就这样适应了。

Y第一次进来这个房间的时候，还是夏天。我把她从江南的辅料市场接过来，已经是深夜。一进客厅，她在黄得发暗的生硬的木沙发上坐下来，扫视了一周，说："好冷啊！"她指的是色调。她是做设计的，对色调敏感。她这么一说，我才觉得这里确实是有点冷。这里以前是住人的吗，我开始怀疑。

一个周末，我到二手家具市场买了一张乳白色大床和暖红色床垫、一个床头柜、一张电脑桌、一把椅子；到二手家电市场买了一台旧电视、一台落地扇；到超市买了些锅碗瓢盆、油盐酱醋。屋里终于有了烟火气。

Y第二次进来这个房间的时候，带来了一面鹅黄色窗帘，遮住了客厅的窗户，她又把一面洗干净的翠绿色桌布挂起来，挡住卧室的窗口。阳光照进来，整个屋子弥漫着旧时光的迷雾，像蔡琴的老唱片。

二

小区的名字叫黄花新村。三十年前，这里刚开发，拆了老村，建了这个小区，顾名思义，黄花岗上的新村。三十年过去了，现在怕是叫黄花旧村更合适。小区里的老式楼房一律四五层高，排成队列，被周边的玻璃幕墙的写字楼和酒店淹没在闹市区。小区里面的住客多是一些老弱病残和南北浪子。我所住的楼房在小区的最里面，靠着围墙。围墙的外面是一栋很高的写字楼，作为一个庞大而摩登的存在，和围墙内的破旧形成鲜明的对比。夕阳西下，摩天大厦长长的影子就横躺在我所在单元大门外的过道上。

出小区往东，是一片小食店。有一家桂林米粉店，常去吃。老板是一个三十多岁的男人，黑瘦的脸，炯炯的眼睛，大背头，沉默寡言，坐在店口打单收银。好几次买单的时候，我竟然看到他在埋头看一本新概念英语，不禁怀疑这个如此内敛的男人是否埋了一颗要把他的桂林米粉店开到外国去的大雄心。

拐弯处是一家快餐外卖档口，卖烧腊盒饭的。平时就两个伙计在橱窗里面，一个负责切烧腊，一个负责打包。老板娘坐在门口收银，一个外表普通的中年妇女。我常去那里买盒饭。有时候，我竟然会有一丝优越感，我是一个白领，虽然每个月的工资基本上算是白领。有一天，我看到那个外表普通的老板娘开来一辆宝马，在档口旁停下来，利索地招呼伙计卸下后备箱里的食材，抬进店里。

向里面走进去，有一家卖各种粥和小菜的自助餐厅，叫蓝加白。那里是我和 Y 去得最多的餐厅。花样多，环境尚可，最重要的是，还算便宜。她傍晚从江南的辅料市场过来以后，我们就去那里，点几样小菜，她喝两碗粥，我喝一瓶啤酒。饭后，我们在路边买点水果，回到黄花新村。

我们经常买两个小西瓜，红瓤的或者黄瓤的，带回去，放冰箱里面凉一个小时后拿出来，坐在黄得发暗的木沙发上，一人一个勺子，各自挖着自己的西瓜，一边吃，一边看电视。

总是她在说话，说她的工作和生活中的趣事。我的话很少，我不知道说什么，有什么可说的吗？我的眼神总是游离着，心不在焉的背后是心事重重。

有一次，Y来的时候，带了一盆小的仙人球，饱满的圆，青涩的绿，满身的刺，无限的生命力，向周围的空气里债张着。她把仙人球放在客厅的电视柜上，叮嘱我偶尔给它浇点水，天气好的时候，放到阳台，让它晒晒太阳，再拿进来。

"哦。"我应了一声。

Y在虎门的服装公司做设计，每周来一次广州，去江南的辅料市场看货，然后到我这里来住一个晚上，第二天一大早，赶班车回虎门去上班。

多数的日子里，就是我一个人。

空闲的时候，我学着做菜，有时候也召集公司同事来聚聚。打牌，吃饭，喝点小酒。

无聊至极，我就在屋子里翻箱倒柜，虽然根本没有几样家具可以翻腾。有一次，我在那个红得发暗的衣柜的底层抽屉里，发现一张照片。是一位三十岁左右的女性，坐在草坪上，摆了一个美人鱼的造型，但是我觉得她更像是一位孩子的母亲。照片已经泛黄，背面用圆珠笔很工整地记下一行字：某年某月某日和某某在某地游玩时拍摄。

也许她就是上一位女租客，也就是阳台上那一堆五颜六色的并不名贵的女鞋的主人。

住得久了，我发现一个现象。

每隔几天的深夜里，就能听到大门外面急促的敲门声，然后隔壁那位瘦削的女主人就打开她的房门，从过道经过我的房门，再去打开大门，继而就是来人和她的低声对话，并在她的引导下，进入她的房间。"啪"，关上门，告一段落。我听不清楚他们在过道里的对话，但是能够肯定的是，每次来人都不同，有男人，有女人，有时一个人，也有时好几个人。

有时候我起床早，会在过道里碰到夜间的神秘来客从门口出去，都不像是城里人，总是提着行李，大包小包的，像远客。女主人送来客出门后，转身看到我，笑道：

"老家亲戚，来借宿一晚。嘿嘿，你这么早上班哪？"

那副谨慎而防备的眼神，是我至今不能忘记的。

"嗯。今天有点事情。"我有很多疑问，却从来没有问过她什么，只是擦身而过。

三

区庄立交桥纵横交错。初到广州，我是花了相当长的时间才分清楚了区庄立交桥下每一个路口的去向。每天早上从黄花新村出来，经过新大新公司，穿过区庄立交桥下的通道，就到了对面的我的公司所在的写字楼。

其间，我换了一家公司，却还是在同一座写字楼，只不过从16层换到了23层。

在新公司里，我也算是个领导，人家都叫我经理，其实没人理。老板乾纲独断，下面的人都是他的嫡系，唯他马首是瞻，我连个刷瓶子的也叫不动。另外，我的工作经历和人生阅历有限，也无法游刃有余于其间。想做点事情而不能，时间长了，也就寡淡无味地在公司里混着。

公司来了个工程师，四十岁左右，长相显老，做派跟我们明显不像一代人。大家叫他L工，也有人叫他L老师。听说他是复旦大学毕业的。他从武汉过来，算是老板的老乡。老板打算请他来担任技术总监，但是又怀疑他的能力，所以设置了一个考核期，不宣布正式任命，暂领技术总监责任。

他在公司算是技术能手，刚来的时候，颇有点风流人物的派头。我自然是不太入他的眼，对我有些颐指气使。我不以为意，一直以老师之礼待他。时间长了，他觉察到，在这样的公司架构和人际关系中，他明显已被老板的嫡系当作最大威胁，处于孤立地位。渐渐地，他主动走近了我。

除此之外，没有什么亮点，没有什么变化，除了从 16 层变成了 23 层。我继续过着朝九晚五的日子，继续心不在焉、心事重重。

隔壁的女主人不见了。很长时间没有见到她的动静。晚上也再没有听到有"老家亲戚"来投靠她了。

有一天，隔壁的房东来了，一位干练的老太太。她其实是我的房东的内亲，所以这两套房子，以前住的实际上就是一大家子人。

老太太告诉我，隔壁的人走了，是她让他们走的。

"为什么？"我随口问了一句。

"那个女人把这里用来开旅馆，她男人在铁路上给她拉过夜客。对面住户去居委会投诉她了。"老太太愤愤地说。

"啊！旅馆！"

老太太突然神秘地对着我的耳旁低语："你知道你那里以前住的什么人吗？"

"什么人？"我警觉起来。

"是个小姐，"老太太嘴角露出轻蔑，"经常晚上拉客回来，也是被人投诉，走人了。"

我突然觉得所有的人都很聪明，只有我，没错，只有我是个傻子。

老太太给我搬来不少家具。她说要把她的房子腾出来卖了。

我这边突然就添了几个大件。一个高而且阔的大衣柜，一个转角木沙发，一张墨绿色的大写字桌。我收拾了一番，这屋里竟然有了那么一点朦胧的现代感。

Y喜欢那张写字桌。她站在客厅里，张开双臂，做出揽住写字桌的姿势，身子像要飞起来了，"我要在这里画稿！"

最终，她没有在那张写字桌上画过一幅画，只是把那盆长势喜人的小仙人球从黄得发暗的电视柜上搬到了那张写字桌上，挨着一摞她的服装杂志。

Y还是每周都来广州，到江南的辅料市场看货，然后过来住一个晚上。逢休假的时候，可以在黄花新村里待上一整天。

有一天下午，我在卧室里上网，Y坐在床上，临窗，看着那个窗口，幽幽地说：

"我就像一只被囚禁的小鸟。"

四

青龙坊是离公司不远的一个社区，就在花园酒店后面的一条小街上。那里分布着一些发廊和洗浴中心。那条街上还有一些小饭馆，是我和L工经常光顾的地方。我们常在下班后去那里吃饭，喝点酒，轮流做东。

L工是喜欢喝酒的，一则生性好酒，二则工作压抑。因为老板的嫡系的挑拨，他迟迟没有被正式任命。他这个老板请来的高级人才，却屈辱地被老板长期以"考察"的名义聘用，实际上干着技术员的工作。

有时候，我会去他住的地方坐坐。他租住的房间里陈设简单至极，却有一套不错的茶具。他总是热情地请我喝茶，必定会给我讲茶道以及他的茶缘。我感觉到，茶是他作为精神贵族的象征。有时候，我甚至觉得，他需要的只是一个仰视者；而我，是扮演这个角色的不错人选。

他每个月底会坐火车回武汉去看望家人。每次他都给女儿带一个芭比娃娃，每次都不重样。他的女儿一定很喜欢芭比娃娃。我见过他的老婆和女儿的照片，一个贤惠并且有几分姿色的母亲和一个乖巧可人的女儿。看得出来，他很爱她们。人到中年，离妻别女，来到广州谋生，这不是一个容易的决定。他一定是承载了一家人的责任和希望的。

有一次，在青龙坊里喝了点酒，然后去他的那个小屋里喝茶。他突然居高临下地看着我，神情严肃地一字一顿问我：

"Z，你是学医出身的，你说说看，为什么有的男人喝了酒后，那方面就不行呢？"

我惴惴地笑："从生理学上来说，人的血液总量是一定的，饮酒以后，血液在体内会重新分布，比如体表、脑子里会有比较多的血液，那么，其他地方就会……"

他果断地做了一个向下的手势，说："那我就知道了，我明白了。"神情释然。

那些日子里，除了 L 工，还有很多人来黄花新村找我，为了短暂的寄居。

有一位曾经的同事，在老家的一所民办高校谋了个教书的职位，临走前，租的房已经到期了，却还有一些事情要办，于是在我那里住了一段时间。他回老家后不久就结婚生子了。几年后，因为那份工作不理想，他又独自跑到了深圳，继续打拼。

有一位外地的老同学，辞了当地医院的工作，来广州考博，在我那里暂住下来，备考。终于功夫不负有心人，考上了。毕业以后走上了漫漫行医路，先去了老家的医院，然后调到成都，现在竟然又到上海的某医院去了。至今未婚。

还有一位老同学，本来也是学医出身，毕业后却在东莞的工厂里做了行政管理的工作，后因收入不高，立志返回医药行业，来广州找发展机会，寄居在我那里。面试了很多家公司后，在一家做医药代理的公司安顿了下来，后来被派回东莞去开拓市场了。

我这里成了中转站。我一边目送前人离去，一边迎接后人的行李。

生命中遇到的人，都是过客，只是他们停留的时间更短暂。

Y 依然每周都过来，却渐渐少了过去的刁蛮和任性，多了对我的礼貌和客气。

我知道这意味着什么。

一个晚上，躺在床上，Y 背对着我。我失眠了，她也没有睡着。

"你去寻找你的天空吧。"我说。

她没有转过来，沉默了半晌，低声说："那你怎么办呢？"

"我没什么。"

抽泣声……

五

公司的内部斗争越发厉害了。L 工虽然年纪仅次于老板，斗争经验却明显不足，书生气很重，且势单力薄，根本不是他们的对手。我也试图给他一些支援，却涉世未深，成事不足。他这个"候任"技术总监和老板的嫡系们逐渐势同水火。起初，老板还有耐心居中调和，后来对他日渐生厌，言语间越来越有不客气之意，经常在公开场合让他难堪。以他的资历，又是做技术出身，哪里受得了这个委屈，情绪也就越发不正常了。

所以，我们去喝酒的次数更多了。一次酒过三巡，他举着空杯子摇晃着，"Z，我现在的日子不好过啊。"继而，眉头紧蹙，"我再给老板个机会，给他时间，让他看明白，谁是忠臣，谁是奸臣。"

有一天，他告诉我，他去听某企业的培训课了，他说他知道那是骗人的，就是想去找点感觉，找点激情，给自己点动力。

"你没当真就好，L工。"我说。

不久后，我发现，如此老派的一个人，居然在电话里和一个做销售的女人调起了情。腔调是那么别扭，表情是那么扭曲。

再后来，他就真的买了一堆营养品回来，算是纳了"投名状"，正式入伙了。此后的每次喝酒，他就多了一个话题，宣传健康理念和营养品。他真的是在"推心置腹"地和我交流，从我身体的种种羸弱到我性格的种种弱点，从健康之重大意义到一个男人应该有自己的事业。我在上一家公司见过太多的销售代表，他实在是一个老实人。让他讲这些东西，实在是难为他了。他甚至不能把话说得周全，也不能把表情做得自然。

他就是一个工程师。

我的隔壁的房子没有被卖出去，却搬来了新的租客，是一群姑娘。她们从清远的一所职业学校来到广州，在酒店里做实习生。

这些姑娘经常很晚才下班回来，叽叽喳喳的，闹到深夜。有时候回来得早，从窗口看到我在客厅里，她们会过来看电视。我总是欢迎她们进来，并且招待她们吃点零食或者水果，我想要我的房间里有一点活人的声音；但是她们看上瘾了，时间晚了还不肯回去，我就烦了，我又想要安静了，于是会赶她们回去。

Y不再每周都过来，有时候一个月才过来一次。

有一次，她对我说：

"我以后不能常来了，公司安排别的人来广州看货了。"

"好的，那我以后有空就去虎门看你。"

"我不在的时候，你要好好照顾自己。"

"嗯……我知道。"我补了一句。

第二天早上醒来，Y已经走了。电脑桌上，放了一张男式衬衣包装里的那种白色的硬纸壳，上面写满了字。不是字多，而是字大，一目了然。

Y走了，她再也不会回来了。

第二天下班后，我独自去蓝加白自助餐厅吃了顿饭，还是那些菜，还是一瓶啤酒，只是一个人吃。我一边吃着，一边看着窗外，天色渐渐变暗以至于黑透了。我在路边买了个小西瓜，提回了黄花新村。

我坐在木沙发上吃小西瓜，用勺子一勺一勺地挖着吃，边吃边看电视到深夜。

我伸出手去取写字桌上的一个杯子，却不小心碰到了那盆小仙人球。盆掉到了地上，原本圆得饱满的仙人球被摔得变形了，泥土撒了一地。

我顿时狂躁了，随手抄起桌旁一本服装杂志，猛地掷到地上，咆哮了一声：

"去你妈的！"

六

L 工终于辞职了。

走的那天，我们去喝酒了。算是散伙饭。

他解脱了，心情也轻松了许多，他说武汉的朋友都劝他回去，以他的资历，不值得在这里受这样的气，那边朋友的公司已经给他安排好工作了。

他喝了点酒，脸上有了红晕，却也更显老态，他已经微醺了，跟我说："临走前，我去见老板了，老板说我，技术上，没问题，政治上，too simple（太单纯）！老板说我 too simple 啊，我 too simple……"

回到他租住的房间，收拾停当，他煮了一壶茶，我们又坐了一会儿。时间差不多了，他在前面开门，我在后面帮他提着行李，出去了。

到小区门口，他回头看了看他的小屋，说了一句："广州啊，就是一场梦！"

我一直送他到火车车厢里，等他放好了行李，我们去月台上抽了一支烟。末了，他踩灭了烟头，和我握手，说道：

"Z，你不错，好好干。"

"我能力不行，在这里也学不到什么东西。"

他打断我："你人很好，心地善良。"

我开始进入无规律或者说另一种规律的生活。每天下班回到黄花新村里，我就睡觉，夜里十点左右醒来，开始上网，看碟，或者看书，直到凌晨三点后，再睡到天亮。

有时候饿了，就到外面去吃夜宵，特别是烧烤。区庄立交桥下面的过道，到了深夜，就成了夜市。我看到过夜场的男员工们，穿着整齐划一的黑色西装，坐在路边大吃大喝，我也看到过不到二十岁的小情侣，站在烧烤摊旁，为是否点一个蒜蓉茄子而踌躇。

更多的时候，我在看碟，我沉溺在一部又一部片子的剧情里。幻想自己是其中的某个角色。我压抑，我狂欢，我兴奋，我爆发，我成功了，我又失败了。

在深夜里，我一遍又一遍地循环播放电视剧《潜伏》的片尾曲《深海》：

> 在黑夜里梦想着光
> 心中覆盖悲伤
> 在悲伤里忍受孤独
> 空守一丝温暖
> 我的泪水是无底深海
> 对你的爱已无言
> 相信无尽的力量
> 那是真爱永在
> ……

2008 年 8 月 8 日，北京奥运会开幕之夜，那群姑娘也早早地回来了，拥到我的客厅里看开幕式。绚丽夺目的烟花表演，大气磅礴的鸿篇巨制，敦煌飞天，梦回唐朝，真是欣逢盛世啊！她们激动万分，把手里的空饮料瓶子当荧光棒，疯狂地挥舞着，在我的客厅里放肆地高歌、乱舞……

不久以后，这些姑娘结束实习，返回学校去了。此后，直到我离开黄花新村，隔壁再没有搬来新的邻居，过道里一直是空荡荡的，只有我一个人。

2015 年 2 月 11 日

过年在广州

一

　　从 16 路公交车的窗口看出去，广州大道北两边的人行道上摆满了一盆盆的金橘树。

　　要过年了。

　　这些金橘树，有一米多高，站在路边，等待商家的挑选。

　　广东人讲究"意头"（与普通话中的"彩头"接近），凡事图个吉祥的寓意，金橘树在广州是春节必须有的吉祥物。"橘"音近"吉"，象征大吉大利。金橘树的造型也惹人爱，满树的橘果，金光灿灿，茂密的绿叶，春意盎然，这是另一种吉祥的象征。

　　写字楼门口的两边各摆放了一盆这样的金橘树，就好像某些单位的大门两边在过年前挂起来的红灯笼。这些金橘树的枝叶上一定会挂满红包，寓意发财，广东人是把好意头的功夫做足了的。

　　普通百姓家里一般不会买这么大盆的金橘树，放不下！三四十厘米高的小盆，置于茶几上，可观赏即可。也有买金蛋果的，就是金弹子，果实小而且圆，橙黄色，饱满。这些"吉祥物"都只可观赏，不可食用，是品种问题。

写字楼里的上班族，家在内地的，有的已经请了年假，提前回老家过年去了。他们经常在办公室里讨论着要永远逃离这座城市，回去寻觅世外桃源，耕田或者养鸡，但是绝大多数人最终也只能在春节期间，短暂逃离。过年以后，继续回来，朝九晚五，日复一日，年复一年。

留守办公室的，也已经无心工作。嘴上在热议着公司年会的花絮以及过年出游的打算，心里在盘算着年终奖的大概数额以及年后跳槽的合适时机。有单身的男女青年，想到过年回家后一定会被远亲近邻盘问个人问题，不禁蹙眉，并且暗下决心来年一定要摆脱窘境。

我属于留守办公室，坚持到底的一员。父母总是陪我在广州过春节。

二

下班路上的交通状况比平时好太多了，车少了，人也少了，这个外地人口占了一半的城市，在春节期间，自然人口也要减少一半。平时地铁和公交车上斯文扫地的上班族们此时也可以坐得或者站得有尊严一点，疲惫难堪的面容有了些许从容和淡定。甚至有爱花的年轻女子携一束蜡梅上车，满车生香。

公交车上少了很多熟悉的面孔：有一对情侣，上班的时候，两人同喝一杯豆浆，共用一副耳麦，下班的时候，女生总是依着男生肩膀睡觉；和我同住一个小区的衣着考究的黑衣妇女，在最拥挤的时候也要维持最优雅的站姿，并且和周围的人保持尽量大的距离；一个中年男人和几个女青年，都是卖保险的业务员，说着蹩脚的普通话，女青年们刚来广州不久，对未来充满无限的憧憬，满眼放光地向中年男人请教"扫楼"的经验……他们都暂时地消失了，提前逃离了这座城市。再见面，已是来年。

傍晚的路边搭起了很多新的摊棚，所卖的多是对联和年画，没有卖烟花爆竹的，禁售。对联的内容无非是"生意兴隆""家和万事兴"之类。年画多是来年生肖的各种卡通形象。这样的摊棚连成一片，货摊看上去都是红彤彤的，其间人流熙熙攘攘，融进广州湿湿的夜色里。

广东人喜欢贴对联，以阳江人为盛。在阳江，我看到了此生最多的对联，如刘姥姥进大观园，叹为观止，还抄写了不少。从企业单位的大门，到平民百姓的家门，很多贴上了对联，并且是要一年四季保持下去的。对联的颜色不只红色，还有黄色，不知道有什么区别。对联的内容，有国强家富、人寿年丰、物华天宝、人杰地灵，有花开富贵、竹报平安、和顺满门添百福、平安二字值千金；有爱财求福的，门迎春夏秋冬福、户纳东西南北财，迎喜迎春迎富贵、接财接福接平安；有励精图治的，宏开伟业、大展宏图，创大业千秋昌盛、展宏图再就辉煌。从密集的宅基房的小街走过去，整条小街铺天盖地的都是对联。楼上楼下，一家连一家，门上除了对联，还是对联，没有见到有贴画的！阳江人爱对联如此，可见一斑！

梅岗路的夜，除了路口的市师鸡粤菜餐厅灯火辉煌以外，巷道的里面，就暗淡了许多：沙县小吃店关门了，卖酱香饼的一年四季光着膀子的胖师傅回家了，隆江猪脚饭的生意也清淡了许多，只剩下足浴店微弱的灯光照亮了回家的路。

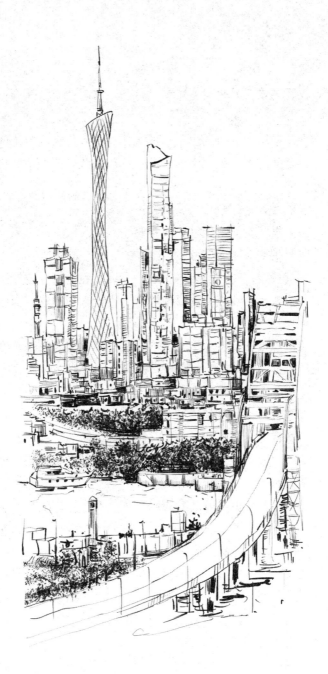

三

我看到六楼的厨房的窗口的灯影，立时就有了暖意。父母在家。

母亲不用做饭，我也不用洗碗了。吃到母亲的熟悉的家常小菜，陪父亲喝一杯他泡的老酒。这就是我广州的小家过年的气息。

饭后会去逛超市。

超市里开始放新年歌，卖年货。

广州的新年歌常听到就是两首，一首是粤语老歌《迎春花》。这首歌常在路边响起，"好一朵迎春花……"浓厚的粤语女中音，粤剧的唱腔，反复地吟唱，唱遍大街小巷，唱出了广州的年味儿。

超市里常听到的是刘德华的《恭喜发财》，是以前春节晚会上的歌曲。"我恭喜你发财，我恭喜你精彩……"这歌更有节奏，更热闹，适合超市的环境。

走进超市，就看到年糕和煎堆。

年糕有萝卜糕、芋头糕、马蹄糕等，甜而且软，蒸热了就能吃。广东的点心是做得很精致的，四川人做不出来，也不太会品赏。煎堆有两种，一种是空心的，一种是实心的，圆圆的，炸得金黄，也是吉祥圆满的象征。在阳江见到一条小街都是卖煎堆、油角的。煎堆像金币，油角像银圆。实心的煎堆和老家的糖圆没有什么区别，空心的煎堆可以做到足球般大，感觉技术含量还比较高，也不知道里面是怎么做空的。

干货、糕点和腊味也是广东人过年必买的年货。超市里有散装的，也有包装精美的礼品盒，做手信，但是价格都偏贵。

广州有专门买年货的地方。

广东人喜欢煲汤，干货是年夜饭必不可少的。蚝豉、虾干、冬菇、鱿鱼、瑶柱等，都是他们的常备汤材，一德路有广州最大的干货海味市场，价格相对超市要便宜一些，种类也更齐全，各种等级都有。用这些海味的干货煲汤，只能作为点缀，放多了，一锅的腥味，汤就没法喝了。

老字号的点心也是广州人的最爱。广州酒家、莲香楼、陶陶居等老字号的鸡仔饼、杏仁饼等，他们百吃不厌。这些门店多集中在老广州地区的北京路、上下九一带，一年四季，门庭若市。既有包装精美的礼盒，也有经济实惠的简装。可惜四川人并不好这口。我给家里人买过，他们吃了个新鲜，就不怎么吃了，一盒饼干，可以放几个月，吃不完。

广式腊味是甜的，放了糖，腌制晒干而成。和四川的腊肉不同，不需要烟熏，所以质地红润，金黄色、油灿灿的，卖相好。四川的腊肉被熏得乌黑，看上去有点不洁。下九路有一家皇上皇老字号门店，店内不同品种的腊味绝对让你眼花缭乱。卖相虽好，因为甜而且腻，我每次最多吃两块。

其实我们关心的是卖火锅食材的柜台。广州的打边炉的食材多是牛羊肉片和各种丸子，如鱼丸、牛肉丸、虾丸。过年了，管他爱吃不爱吃，买一大包回去，暴殄天物！其实我最不能吃丸子类。

四

年三十，逛花市。

广州的迎春花市，历史悠久，每年的大年二十七、二十八、二十九，是"行花街"的日子。

除夕前一个星期，用作花街的街区就禁止通行了，有关部门开始为花农搭售花棚，花棚连绵，成十里花街。开市以后，花街上张灯结彩，水泄不通，粤语新年歌萦绕整条大街里外。花市上的花一定都有一个吉祥喜庆的名字，金玉满堂、金枝玉叶、步步高升、开运竹、富贵竹、吉利红星、百年好合……年年岁岁花相似，岁岁年年人不同。

广州人爱插桃花。"一树桃花满堂春"，不但居家喜爱，宾馆酒楼，春节前后也一定会以一株大桃花树装点门庭。桃花寓意"大展鸿图"。广州话中的"桃"与"图"谐音，"红桃"即"鸿图"。未婚青年找对象好像也指望房间里插一枝桃花。

水仙花也是广州人过春节的"常客"。每年腊月初，市面上就有大批水仙头出售，买回以后，放在透明浅盘里，精心培植。水仙花解人意，常常过年期间开放，亭亭玉立，花香袭人。"花开富贵"，这又是个好兆头。

花市上有不少象征富贵与财运的花木，"发财树""福星花""鸿运当头"等，标价也与发财致富有关。一棵发财树标价168元，谐音"一路发"；一株桃花树标价88元，即"发了又发"。黄金果也是很受欢迎的年花，金黄的大果子带着许多小果子，摆成满满的一盘，子孙绵延。

天河花市在天河体育中心，我们到的时候是年三十的下午，没有阳光，有点冷，却不影响人们的兴致。很多人在观赏花市的时候，不会大盆大盆地买，只买一些散花，一枝一枝地拿在手上，边走边逛。有人在花市的边角卖布偶、充气玩具、风车等。风车是花市上最畅销的玩具，几乎每个逛花市的人都会拿一个。转风车就是转大运，来年把衰运转走，把好运转来。

一般来说，广州过年前夕，天气已经回暖，风和日丽的好天气常见，但是近年的气候很不典型，最近几年的春节期间都很冷，阴雨绵绵的，还有风。这感觉，已经有点像四川老家了。过年期间不管怎样冷，年后不久，广州的气温就会直线上升。如果过年期间很冷，就要开始进入湿漉漉的长达一个月的回南天（指每年春天时气温回暖而湿度猛烈回升的现象）季节。

<h1 style="text-align:center">五</h1>

除夕。看春晚，打边炉。

父母准备火锅，我贡献一个菜，她贡献一个汤。

一边看春晚，一边收发短信。有时候会收到一些很有意思的短信。有的是陌生手机号码，祝福短信也不留名字；有的短信内容只是把我编写的短信里我的名字改成他的名字，再回发给我，其实我有一点成就感，自己编写的短信居然有人看得上；还有人重复给我发几次同样内容的短信。每每看到这些，想到对方一边和亲人相聚一边忙着群发祝福短信的憨态，不禁失笑。这没什么，不是吗？只求同乐。

给父母红包，我并不知道说什么。心里清楚，父母已老，儿女不孝，红包的钱不多，只是一点心意。

广州人把红包叫利市，红包的对象不独针对老人和孩子。我在一次新年家宴上，看到一大家子人，二十来口，不管男女老少，人人拿着红包互相给，好不喜庆，其实就是一种表达祝福的形式。红包一定要双份，寓意好事成双，所以春节期间到广州人家里做客，要多带几个红包，以免尴尬。不过，广州的红包都是象征意义，图个吉利，钱多少不重要，不讲究排场，这一点是可取的。广州有风俗，已婚的给未婚的发红包。在广州，已婚的都是大人，未婚的都是小孩，不管年龄大小。所以，如果看到已婚的小青年给未婚的大叔发红包，不要奇怪，正是此理。小区里的保安这几天都特别积极，见人就笑，主动开门，因为出行的住户多会给他们发红包，虽然里面也就十元、五元的，但收得多了也是一份可观的收入。

父母年纪大了，他们守不了夜，去睡觉了。

我站在阳台上，看万家灯火。这里除了周围邻居家里传来的春晚歌舞的声音，和平时没有什么区别。听说珠江上有烟火表演，广州塔此刻一定流光溢彩，妩媚娇艳。姐姐说她和姐夫在家里守岁，那条巷道里此刻一定已经鞭炮声此起彼伏。北国现在一定是银装素裹吧，南半球正是阳光明媚……这些可以想象，也只能想象。

酒店后面的那位乞讨的女士，此刻在哪里过年呢？她是那样一副斯文自重的样子，有自己的行李，却无家可归。

2015 年 1 月 11 日

广州的雨

广州进入了雨季。

五年前的这个时节，我踏上了来广州的火车。之前，田华提醒我，广州多雨，一定要带伞。我不以为然，生在四川，对雨早已见怪不怪。从广州火车站出来，恰好正午时分，我站定在出站口，阳光刺眼，眼睛慢慢睁开，抬头望了望烈日高照、万里无云的天空，心想，这样的天气，未来几天，中心任务应该是防晒，而非避雨吧。到下午，在办公室里看资料，突然听到有人说，又下雨了，我便透过窗户往外看，立时就震惊了，天上暴雨如注，地上汪洋一片，转眼之间，广州就成了一个昏天暗地的世界。看着窗外的景况，我告诉自己，这就是广州了。

广州的雨和四川的雨，确实是很不同的。

广州的雨，来得急，来得猛。刚才还是晴空万里，瞬息之间，雨就突然从天上泼了下来，没有一点铺垫，更无半刻过渡，谁也不知道是怎么得罪了老天爷，就突然给你两耳光。对于我这样一个习惯每天早上出门时看天气判断带不带伞的外地人来说，是要上当的。所以，人家说广州的雨，专门欺负外地人。对于我这样极不愿意带伞的懒人，被欺负就更是成了家常便饭。后来想出一个办法，就是在办公室里常备一把伞，这样就不用上班时为带不带伞而苦恼了。

广州的雨，雨量惊人，吓人，骇人听闻。雨线真的是如注水银，笔直地向下，打在身上，硬邦邦的，痛。这样的势头，可以持续一小时以上。于是，城市交通完全瘫痪，车子完全搁浅。整个城市，顿时变成水城。到了广州，我才知道了"内涝"这个词语，这固然和广州的市政建设不完善有关系，但是广州的超大雨量也是重要原因。我和一位同事曾经在繁华路段，因遇到大雨，的士搁浅，被迫从车上下来，水立刻就淹没了整个小腿，这哪还是路面，简直就是个池子，可以游泳。我们挽起裤脚至大腿，提着鞋子，从大街一头蹚到另一头，好不狼狈。在广州，穿一双好皮鞋，对于奔波颠沛的市井小民来说，是极大的浪费。不知道哪一天就要被这样一场雨报废。这样的雨，对养车人也是一场灾难，经常报纸上有报道，某某小区的地下车库被淹没，私家车受损严重，车主联名索赔云云。

广州的雨，来得快，去得也快，走得干脆、利落。这么惊人的雨势，说收就收，收得干净利落，瞬息之间，又可以变回艳阳高照。所以，"老广州"和"新广州"的区别，从街边避雨的仪态就可以看出来。"老广州"多神态自若，不管风吹雨打，他自谈笑风生，他知道这雨来也匆匆，去也匆匆，索性以逸待劳，等雨停后再走。"新广州"就耐不住了，又是找车，又是打电话的。他不知道这雨要下到什么时候，担心今天要被耽误了，总之是站不住，静不下，却又走不了，着急。每每看到他们，我就像看到了刚到广州的自己。

广州下雨，有两怪。一怪，下雨不送凉。岭南气候潮湿，夏天的热和北方是不一样的，是出不了汗、全身发黏的感觉。

而广州的雨，虽然雨量大，但是来得快，去得也快。雨过之后，骄阳依旧，然后把地面的雨水给蒸发起来，裹挟着空气里的热气，那感觉，就更难受了，真的是入蒸笼，蒸桑拿。全身出不了汗，皮肤发黏，衣服、裤子都变得湿润，紧紧地贴在皮肤上。这次第，只有赶紧跑进路边一家"黄振龙"凉茶铺，坐下来，喝杯凉茶，如幸逢有空调，就更是离苦海，入仙境了。

广州下雨，还有一怪——东边日出西边雨。同是一个城市，好像也不算太大，就真有一个地方下雨，另一个地方出太阳的景象。其实这对我来说不算太怪，四川也有，曾经在昆明出差，也多次体验到。但是因为长期身处广州，就感觉特别深刻。经常在上班的时候，这里阳光普照，就听到另一个区的朋友说他们那里下暴雨了！当然这时候，我们就要注意了，雨很可能在向我们这边靠近了，要做准备。或者这里都已经汪洋一片了，却听到另一个区的同事说，他们那里太阳大得很！如是多次，倒也带出很多趣事，留下不少记忆。

我想起了成都的雨。成都的雨季也蛮长的，但是少有大暴雨。成都的雨来得慢，来得静，下得温软，下得绵长。什么叫绵绵细雨，什么叫雨多生愁，在成都是感受最真切的。这样的雨，就经常下着，慢慢悠悠地下着，温柔地下着，给成都这个城市笼罩了一层阴柔、忧郁的色彩。人在成都，经常看着窗外这样的雨和雾蒙蒙的世界，能不变得悠闲起来吗？

再想到老家的雨。记忆里经常是一连下几天，就不大不小地下着，下得你夜也听雨，昼也听雨。"君问归期未有期，巴山夜雨涨秋池"，说的就是我们那里的雨吧。刚开始还饶有兴致地看雨，在这样的时节，卧床看一本绵长琐碎的小说，是曾经最喜欢的事情。再往后，就不自觉地心情阴郁了起来，期待雨停。老家也有雷阵雨，但是没有广州的雨这么直来直去、刚猛有力。我的家，是一个院子，我因自幼内向，喜欢独自坐在家门口发呆。每到夏天雷阵雨前，我就很喜欢观看雨的酝酿过程。从风起，云动，到雷声渐起，渐隆。之后，如有闪电，就携大雨立即下来，如无闪电，一般是几滴雨先落下来，然后越来越大，越来越多，渐成倾盆之势。我就一直看着外面洼地里的水，雨打在上面，溅起水花，水花从越来越大、越来越多，到最后越来越小、越来越少，雨就渐渐地停了。

广州的雨和四川的雨，确实是很不同的。当然，谋生以后，与读书时候也是很不同的，自然也就少了多愁善感、忧郁悠闲。这里的雨，只是在告诉我，自己是一个路人，随时可能淋雨。没有办法，生活就是这样，找个地方躲一下雨吧，雨停了，再走。当然，过不了多久，雨还会再来，那也依然是：没有办法，生活就是这样。

2011 年 5 月 22 日

洛阳面馆

我经常在下班后，去一家叫"洛阳面馆"的店里吃面，一个人。

店不大，一个柜台，两个跑堂，三五张桌子，七八个食客。我一般坐在角落里的一张桌子边，面朝店门，独坐点单，要一份烩面吃。面是北方面，自然比南方的面好，也没有特别的地方，只是比新疆面馆的拌面清淡得多。有时候也要一瓶啤酒，就一份小菜，一个人喝。

老板娘芳龄正好，北方长相，标志模样，只是皮肤似南方人。她待客殷勤热情，细心周到，却并不多言好动，招呼停当，就回到柜台后，安静地坐着。尽到店主殷勤之意，无和客人攀谈之好，我喜欢这样的相处方式，独自坐着，也不觉得不自在。

总能碰到几个河南老乡，来到店里小聚，穿着制服，上面印着"××搬家"几个字。从他们的穿戴形容看，生活并不宽裕，且是忙累一天后的难得放松。但是总是酒菜满桌，酒是啤酒、白酒都有，菜是荤少素多。他们操着河南话，闹闹嚷嚷的，大碗喝酒，大口吃菜。有一个男的，长得很丑，但是特别活跃，话多，喜欢劝酒。还有一个男的，言行沉稳，不怒自威，可能是他们的老大哥。其余老乡多有些内向寡言。酒酣耳热后，他们的动作开始放肆起来，语言开始粗鲁起来。我喜欢看他们喝酒，喜欢听他们闹嚷。虽然我听不太懂河南话，不过能猜到话题不离他们那村的家长里短，都是一个村出来打工的。

一瓶啤酒，我一般喝不完，留一点底，然后看看周围的食客们，就叫来老板娘，结账走人。出门至路边，总有一老妇在卖地摊书，我有时候会买一本，挑那种泛黄的旧书，带回家翻翻。

九年前，也是这样的炎热夏日，我还在绵阳复习考研。每天下午，从医院出来，过了大街，有一个路口，进到里面一条小巷，有一个面馆，我不记得名字了。我总在那里吃面。手工拉面，比在四川常吃的挂面好吃多了。老板娘徐娘半老，风韵犹存，待客周到客气，也是不多言语，不打扰我。我总是要一种面，从来不换，也忘记名字了。有时候点一个凉菜，就一瓶啤酒，坐在后面，边吃着喝着，边看着店里的人。食客多是附近的建筑工人，三五成群，敞胸跷腿，有的人一碗面，就着一瓶啤酒，也吃得很享受。我不想说话，但是喜欢看他们闹嚷。一瓶啤酒，我经常只能喝一半，面倒是能吃完。我结账出门后，爱去路边一家租书店，租一本小说，老得掉牙、土得掉渣的那种小说，带回到我在小巷深处租的一个小房间里，晚上复习做题之余，翻翻。

在那段日子里，有一个同学陪伴过我、帮助过我。在我的心里，她是一个善良的人、一个好人。这么多年过去了，我独在异乡，更加不疑，越发不能忘记。

2011 年 8 月 10 日

春节琐记

　　大年二十八下午，办公室里的人已经不多了，我到阳台望了望天空，万里无云，阳光明媚，前段时间的阴霾一扫而光。好一个新年新气象。处理完了年前最后几件事情，收拾了一下东西，打扫了一下办公室，街上买了点手信，转了一趟地铁，我回到了家里。

　　大年三十下午，和父母上街买了点吃的，晚上做火锅。我选了一对"兔子"，回来和翔翔一起贴在门上，还挺可爱的。晚上八点，春晚开始了。我们边吃饺子，边看着春晚。说实话，我已经很多年没有认真地看春晚了，因为已经没有一个小品可以让我笑了。九点多，我带翔翔去机场接姐姐、姐夫。大年三十的晚间机场，人不多了，接人的比送人的多。翔翔很可爱，等待不无聊。十点多，姐姐和姐夫到了，海南归来，收获不小，见闻不少，一路上谈兴很高。十一点多，回到家里，父母已经做好火锅，一家人围炉过节。看春晚、吃饺子、烫火锅，是我们家的除夕三俗，随着一家人来到广州，这个习俗也带到了广州。十二点多，鞭炮声渐浓。去年过年可以放鞭炮吗？我忘记了。想起来老家除夕夜的鞭炮是要放到凌晨一点过的，对我来说，那是年味最浓的时刻，也是我淡漠的内心少有的一点点会发热的时刻。时间不早了，凌晨一点，互送过红包，道过祝福，也就都陆续睡觉了。躺在床上，我在想，过年了，这一觉醒来后，算是开始过年了，还是已经过了年了呢？

大年初一，一家人，浩浩荡荡，辗转奔波，上莲花山。上次来莲花山，是 2007 年的春节，同来的有父母，余人不提。此次算是二上莲花山。莲花山，人多车多，从山门外到山顶，一路上人流不绝，车流不息；莲花山上，有莲花塔、莲花楼、莲花城，当然最闻名的是望海观音。山上人来人往，熙熙攘攘，皆为她来。香火之旺，我承认我是孤陋寡闻了。站在这么一位面朝大海、身高十余米、金碧辉煌、慈眉善目的观音面前，她是神，我是凡人。我跪拜了她，虔诚地许了一个愿。

大年初二上午，我带姐姐、姐夫去天河逛花市。没想到花市已经结束了。只看到花园。有一段时间没过来了，亚运会以来，体育中心一带建设得更加繁华了。天气很好，阳光明媚，却竟然有点晒人了，容易倦。下午，一家人去了陈家祠，这里也是第二次来了。依然是人山人海，摩肩接踵，依然是雕梁画栋，巧夺天工。

大年初三，爬白云山。我们从梅花园上山，经山顶广场，到西门下山，往返四小时。一路上，空气清新，树木葱茏，或明或凉，合家同游，其乐融融，心情舒畅，凡事无扰。回到家里，已经是下午一点，休息片刻，陪姐姐、姐夫收拾行李，带上翔翔，奔火车站，送他们走了。回到家里，父母出去了，家里冷清了下来，有点不适应，独自在沙发上坐了一会儿，放空。

大年初四，携父母游宝墨园。慕名而来，不虚此行。宝墨园，有宝有墨，岭南建筑，江南风光，处处精致考究，时时惊喜赞叹。静的，有玫瑰园、紫竹园、千象回廊、《清明上河图》，还有珍宝馆里无数的宝贝。动的，有大小的锦鲤、罕见的中华鲟、放生池的龟。看到大人们带着自己的孩子在鱼池里捉鱼、戏水，好不快活。春节好气象，此处最热闹。宝墨园里有个龙图馆，纪念包青天，此处本是宝墨园之渊源来历，现在却好像成了点缀。也是，世上丑恶污秽何其多，但不在此处。包大人生前惩恶除霸，死后终于可以与民同乐了。宝墨园对面有一个姐妹园，叫南粤苑，里面也是有宝有墨，却风格迥异，富丽堂皇，巧夺天工，无处不华丽，无处不奢靡。登上观景走廊，眼前金光闪闪，不禁有些恍惚，这里是紫禁城后面的景山吗？回来路上，有点疲倦，繁华热闹远去，只觉得，宝墨园，太闹，南粤苑，太艳。

大年初五，她和她的爸爸、妈妈来了。两家人小聚，并无拘束，更多的是愉快。父母辛苦，儿女受福，此生何报，唯愿平安。

大年初六上午，把近来的照片洗了出来，做成小册，父母同看，回忆来后数日的生活点滴。计划起程返家的行程安排。明天要上班了。我还是拿出一个本子来，做了一下计划，人生还长，希望和愿望总还是要有的。到傍晚，天凉了起来，要降温了。

年来了，来了；年走了，走了……

2011 年 2 月 8 日

羁旅天涯

交友是为了找到自己，远行是为了找到故乡。小 Y 应该是找到她的故乡了，我还不知道自己的故乡在哪里。

——《福州在回忆里》

昆明散记

一、初见昆明

第一次去昆明，在九月底，广州还在夏天里。一想到昆明，我的脑子里就浮现出了高原上的绿洲，阳光下的春城。于是，身在广州的我，灵魂好像已经出了窍，提前到了昆明。我竟然连天气预报也懒得看了，穿了一件衬衣，带了一本汪曾祺的散文，就奔昆明而去了。

走出机舱，却看到阴霾的天空里，飘着牛毛细雨，冷飕飕的，四周有一些萧索低矮的民居，了无生气。被单薄的衬衣遮掩着的瘦弱的我，直打冷战。

巫家坝机场更像是一个火车站。到达大厅里，人潮涌动。有的人并不像是乘客，可能是周围的居民，他们也在里面穿梭，看不出来有什么目的。走出大厅，见到很多小贩，有一些是少数民族的打扮，他们提着装满了小商品的篮子，逢人便兜售。更多的是卖打火机和发广告纸片的小伙子和中年妇女。看到我出来了，他们蜂拥而上，我不停地摆手并说不要，他们却不罢休，追赶我，往我的背包上扔纸片。我好不容易摆脱了纠缠，上了一辆出租车，他们锲而不舍地追赶着，往车窗里扔。

出租车渐渐驶离了机场，我闭上了眼睛，眼前浮现出了儿时梦里的印度火车站，就觉得一切开始有点虚幻了起来。

市区近在眼前，却因为堵车，成了一段漫长的旅程。司机告诉我，昆明正在修二环路，全线同时动工，所以城里很堵。

我透过被细雨打湿的车窗打量这座陌生的城市，灰蒙蒙的天空压得很低，城市好像在一片旷野上。印象深刻的是那些四五层高、没有阳台，只有排列整齐的如洞口一般窗口的老式火柴盒楼房。路边还有我在老照片上见过的被旋转阶梯缠绕着的蓝白横条纹相间的圆形交警岗亭。

这是一座二十世纪八十年代的城市。

司机黑红的皮肤，圆溜的脑袋，一脸的憨厚。他一路上都在抱怨全城拆房修路，害得他生意锐减。昆明话类似四川话，除了个别的方言俚语，我这个四川人听起来基本没有障碍，但是昆明人的声音低沉混浊，有些含混不清，四川人的声音大多清楚易辨。

第一次昆明之行，往返不过两日。那两日里，昆明的一切都是灰蒙蒙的，天空灰蒙蒙的，房子灰蒙蒙的，街道灰蒙蒙的……

我住在西郊，宾馆的附近是城中村，凌乱而萧条。一到晚上，灯火阑珊处，有一些小饭馆。小饭馆里，没有菜单，各色蔬菜一排一排地陈列在架子上，让客人自己挑选搭配。有杨梅酒，泡在瓶子里，度数很低，味道甜淡，可以做饮料。还有很多面馆。第二天早上，我在一家面馆吃面。我看到三个云南男人，都穿着深色的夹克，都是黑红的皮肤，圆溜的脑袋，一脸的憨厚。他们围矮圆桌而坐，各据一方，互不言语，埋着头大口大口地吸（吃）面。他们吸面的声音很大，此起彼伏，有节奏。他们是如此投入，如此生动。

二、再见昆明

再见昆明，已经是年底，入冬了。

到昆明的时间是傍晚，正刮着大风，跟九月份的风不一样，干风，刺骨的冷，刮得一脸的麻木，满城的荒凉。

出租车司机是个小青年，衣着时髦，车里被他装饰了一番，贴满了斑点狗的图片，挂满了斑点狗的挂件。我想和他攀谈几句，他却对我根本没有兴趣。他一边开着车，一边沉溺在他的世界里，被斑点狗包围着的他的世界里。从上车到下车，他只对我说过两句话："去哪儿?""到了。"

这次我住在北郊的一个以珠江源命名的酒店。珠江是广州的母亲河，到昆明后，才知道珠江的源头原来在云南，广州和昆明两个相隔千里的城市，竟然还有这样的缘分。深夜里，饿得心慌，我出去找吃的。外面的风更大了，呼啦呼啦的，刮在脸上，像刀割一样。我裹紧衣领，进了酒店旁边巷子里的一家烧烤店。店里就三五个人，围着很低的圆桌坐着。烧烤炉就放在地上，烧烤架的中间是一排排排列整齐的洋芋头，两边放了一些鸡腿、鸡爪。店主就坐在一个矮凳子上操作，不停地翻动一个个洋芋头，并在上面抹辣椒粉。旁边菜架上放着鸡腿、肉串、肉皮等荤菜以及各样素菜，肉食类都被涂满了黄色的辣椒油等调料，看上去透着原始的野性。我点了一些菜。土豆还可以，烤得外脆内软的。昆明的烧烤正如昆明菜，辣味是够的，但是总觉得少了点什么。

广东人是不能适应昆明的烧烤风格的。有一次，我请一个广州的同事在昆明吃烧烤，她看了一下裹满调料的肉食，已经无语，继而尝了一口沾满干辣椒粉的土豆，立时就放弃了，表示无福消受，最后在店里东看西看，让店主用清水煮了一碗青菜，在里面放了一点盐，就大口大口地吃了起来。

第二天早上，天还没有大亮，我就去了西郊的那所医院办事。整个上午，我都在住院楼里，所见只有医生、护士和病人，我甚至无暇看看窗外。

中午，我走出了住院楼，站在门口，眼前一片金黄。适应了光亮后，一片湛蓝的天空迎面而来，像被水洗过，蓝得纯粹而圣洁，大朵大朵的白云如棉花一样开在蓝天里。有一点风，是凉的，但是绝无冷意。

这就是在我的脑子里无数次浮现的春城了。它骤然而至，与我不期而遇。

住院楼的旁边是一个花园，有病人和家人在那里坐着晒太阳。年轻人伴着干枯的老人，成年人陪着忧郁的少年，沐浴在阳光下，没有人说话，没有人有说话的兴致。

我穿过花园，走出了医院。在医院门口，一个老人，满脸的沧桑，缠着傣族的头巾，穿着褪色的酱蓝色的中山装，端坐在一棵大树下，双手扶着一个立地的竹筒，竹筒又粗又高，他埋着头，嘴对着竹筒。我知道，他在吸烟。我仿佛听到了烟从水里过的咕噜咕噜的声音。天空那么蓝，阳光从树叶间的缝隙漏下来，落在老人的身上，如油画一般。老人周遭的人来人往都成了背景。

在广州也看到过有人吸水烟筒，但是这种水烟筒不能和云南的水烟筒并论，又细又短，用手拿着即可。广东的水烟筒让我印象深刻的是放烟丝的盒子，经常是饮料的易拉罐。

我在蓝天下没有目的地走，走到了一个广场。这是一个开阔的公共日光浴场。古罗马有规模宏大的公共浴室，但是那是室内的、人工的、贵族的、肮脏的。在这里，各色各样的人，老人、孩子，农民、市民，脸上透着高原红的少数民族妇女、身边放着背包的外国人，或者坐着，或者躺着，一律平等地，安享着老天的圣洁的恩赐。我看到一条长凳，躺了下来，面朝蓝天，闭上眼睛，眼前橘黄成一片，心里柔软成一团。

到傍晚，夕阳西下，暮色四起，又起冷风了。我从西郊的医院坐车回到北郊的酒店，好像是从春天回到了冬天，尽管我知道，此刻西郊那家医院的所在，也已经是暮色沧桑、冷风阵阵了。

三、翠湖

那一年冬天，在昆明的时间长过在广州。我渐渐知道了，昆明的四季如春，指的是白日，白日里有阳光。一到傍晚，太阳西下，干风吹起，那冷的滋味，是一点不逊色于北方的冬天的。而且不能下雨，下雨即入冬。

那个冬天，去得最多的地方就是翠湖。

翠湖在昆明的市中心。春城有翠湖，互为映照。汪曾祺先生有文——《翠湖心影》。翠湖，在汪老先生的心里，是他逝去的青春的港湾。

翠湖当得一个"翠"字，其魅力也在于一个"翠"字。翠湖岸边遍植垂柳，垂柳在冬天也是绿的。湖里密布水浮莲，更是一望无际的绿。在蓝天白云之下，昆明又多了一种色彩——绿。

翠湖的亭台楼阁似江南园林的精致小巧，其色彩图案的风格又如清朝皇家园林的华丽，总之是和岭南的现代简约型园林风格迥异了。廊亭里有老年人围成一圈，吹拉弹唱，自娱自乐，更有甚者，行头齐全，粉墨登场。

汪曾祺先生曾经在翠湖边读书、喝茶。他说，这湖不大也不小，正合适，小了不够一游；大了，游起来怪累。翠湖确实体现了昆明人的慵懒和闲适。或与二三友人泛舟湖上，或倚着翠湖美景看书读报、看孩子们放风筝，抑或什么都不做，就坐在翠湖边的石凳上发呆、晒太阳，都是一种惬意和美好，更何况冬日里还有海鸥来临。

二十世纪八十年代，西伯利亚的红嘴鸥飞上了云贵高原，发现了昆明这方圣地，此后每年冬日，它们都来昆明过冬，最集中的地方就是滇池和翠湖。整个冬天，它们盘旋在昆明的上空，栖息在昆明的大小湖泊。这么多年来，赏鸥、喂鸥，成了昆明人冬日生活的一部分，昆明人爱鸥，对红嘴鸥的感情很深。翠湖公园里有一位喂鸥老人的雕像，老人在二十世纪末每年冬天里，每天在公园里喂鸥，海鸥也和他熟了，经常围绕着他，放心地停留在他的身上，陪伴他一起走过了他人生的最后路程。

世界之大，这些红嘴鸥不远万里，每年冬天飞临昆明。人们能看到的是它们在昆明的上空盘旋，在翠湖的亭榭栖息，却无法看到它们一路飞来的时空历程。昆明谁人初见鸥，鸥鸟何日初临昆？第一批飞上云贵高原的红嘴鸥很可能是偶然发现昆明的，在这里过了第一个冬天，回到西伯利亚后，它们告诉伙伴，在万里之外的高原上，有一方圣地，那里的冬日温暖如春，那里的人们喜欢它们、珍惜它们。于是，越来越多的红嘴鸥年复一年地飞到昆明过冬。如此漫长的旅程，它们一路上经历了哪些地方？停留过哪些地方？想起来，这一切都是多么奇妙而美好。

我一向对生灵的感知是麻木愚钝的，面对翠湖上空如此多

的红嘴鸥，我也心动了，好像有了灵气。它们或者静立于桥栏上顾盼生姿，或者在低空掠过水面，它们时而敏捷地跃向半空抢食游人抛撒的面包渣，时而又好像得了什么警讯，整齐地振翅飞向空中，变换队形，盘旋往复……择一个好的位置站定了，放眼望去，只见白云与鸥鸟齐飞，蓝天共翠湖一色。

西伯利亚的红嘴鸥和云贵高原上的春城，这是怎样的机缘？这些红嘴鸥不是昆明人花钱从西伯利亚买来的，也不是西伯利亚人送给他们的，而是红嘴鸥和昆明人的万里之缘，是冥冥之中注定的。昆明人没有去争取什么，追求什么，但是谁能否认红嘴鸥与昆明，不是美妙而恰当的天作之合？我们的一生，注定平淡。但是即使如此平淡的一生，却也注定会有不平淡的属于我们自己的机缘，不需要去追求、去寻觅，但是需要我们去发现、去感悟、去珍惜。

翠湖是一个有历史的所在。吴三桂降清后入滇，获封平西王，后接陈圆圆到昆明。吴三桂为陈圆圆于翠湖、莲花池一带大兴土木，修房造园，供陈圆圆游玩。后来，陈圆圆因年老色衰，渐被冷落，终于被弃。陈圆圆遂去净凡根，遁入空门，削发为尼。吴三桂反清败亡后，陈圆圆得以善终。倾国倾城的陈圆圆的结局究竟是悲是喜？我又想到了虞姬之死。虞姬自刎于楚霸王四面楚歌之时，她失去了生命的善终，却得到了爱情的永恒，如果她不死呢？如果楚霸王得了天下呢？也许她就是一千多年后的陈圆圆。

翠湖的周围有很多咖啡厅、西餐厅、酒吧、茶社，还有一些名人故居。这些名人的名字，其实我多不认识，除了卢汉，起义投共得以颐养天年的国民党云南省主席。云南省图书馆也在翠湖边上，是一栋白色的高楼，据说其前身就是汪曾祺先生在《翠湖心影》里提到的翠湖图书馆。我不知道现在这个图书馆里的管理员是不是还是汪老先生惦记的那位每天上班把墙壁上的挂钟随意拨动的干瘦而沉默的妙人儿，只是可以确定现在里面一定不会见到用绳子吊着木盘，装着借书卡和书上下往返的场景了。

翠湖北门的正对面，是云南陆军讲武堂旧址。在翠湖周围的建筑里，这座饱经风霜的黄色建筑仍然是最引人注目的庞然大物。建筑自成四围，自我封闭，与外面的红尘隔绝。共产党和国民党的很多风云人物曾经在这里学习，然后从这里走出去，登上二十世纪上半叶中国叱咤风云的历史舞台。整个二楼，陈列着这些名人的遗物遗迹，展示着他们的丰功伟绩。不过，说实话，曾经的历史优等生，现在的我，更喜欢这座庞大围楼里的操场上长满的杂草。纪念馆的管理人员非常英明，他们没有去修理这些杂草，任它们恣意地生长，和四围斑驳的黄色楼体相映衬，历史感十足。物是而人非，在这里，前可见古人，后可见来者，念天地之悠悠，独慨然而徘徊。

四、H 酒店

过年以后，天气更加暖和起来，昆明的天空像水洗过一样，蓝得透明纯粹，见不到一丝云彩。我的"移行症"又犯了，搬到了南郊海埂路边上的 H 酒店。

"海埂"二字，让我想起田埂、河埂，也许是这条路临着滇池的原因吧。同样是湖，大理人把洱海叫海，昆明人却并不把滇池叫海，但是这条临滇池的路却叫了海埂路。

这个地方刚好位于二环路的边上。昆明的二环路就已经近郊区了，路上都是出城的货车，尾气严重，噪声很大，灰尘很多。那时候又正在修路，交通也不方便，要从城里绕来绕去才能到达酒店。酒店旁边还有个物流中心，每天很多货车在那里装货卸货，进进出出。周遭都是城中村。我去过其中一些小街，人烟稀少，房屋低矮，荒凉凋敝，只记得卖肉的屠夫和地摊上的野菌。临到晚上，一些挂着暧昧彩灯的娱乐场所倒是显得金碧辉煌，异常突兀。

所以这家酒店其实是一家公路酒店，也可以说是一个驿站。住在这里的，多是真正的过客——昆明城的过客，连城都不会进也不需要进的过客。我是要进城办事的，但是我在这里居然一直住了下去。

酒店的门口拉着一个条幅，上面写着：BY THE NATURE, FOR THE PEOPLE（顺其自然，为了人）。我第一眼看到它，就觉得惊艳，多美的语言，多好的理念。酒店仿佛确实也在践行这个理念。酒店的房间分为日韩风格、欧洲风格、中国风格，供你选择。每层楼的电梯口都贴着《赢在中国》的主题曲《在路上》的歌词，这可是当年初到广州的那些日子里，我每周必看的节目。这家酒店的老板算是抓住了他们的目标客户的心态。天下熙熙，皆为利来；天下攘攘，皆为利往。大家无非都是为了生存而漂泊的过客，来到这个驿站，经过这个电梯口，看到这段歌词，会不自觉地哼起来，心生感慨，继而不能不对这家酒店产生或多或少的好感和依恋。

酒店免费安排车接客人入住，送客人离开。我后来想这可能和当时酒店外面在修二环路有关系。更有意思的是，负责接送的司机其实都是酒店的老板，也就是这家酒店的股东。老板们每天的工作就是接送客人。有一位老板，五十来岁，身材魁梧，黑胖憨厚，脑后却扎条时髦的小辫子，经常穿一件西式马甲，精神抖擞，红光满面。看样子是曾经闯荡天涯，见过世面的人。他也许是这家酒店最大的老板。他经常在酒店里闲逛，和客人聊天、喝茶,他从来不去接客人,但是偶尔会送客人离开。他更常见的姿态是站在酒店外面院子里的一个角度,独自一人,面朝远方。此刻,他是这里的王者,君临天下。

这是一家很有意思的酒店,与众不同。它并不是一家标准的星级酒店,经营者应该是见过一些世面,有一些理念,但是另一方面,又充满了民营企业和乡土文化的特色。

酒店还有一些人性化的服务。比如房间里每天会送饮料和水果,晚上夜宵卖到深夜。另外,酒店的住宿费是含三顿自助餐的,尽管三餐其实都是云南风味十足的滇式自助餐。

其实让我留恋的是这里的小锅米线。云南名声在外的小吃是过桥米线,但是昆明人的日常生活里并不常吃过桥米线,我也不爱吃,总觉得不是我的菜。我喜欢吃昆明的小锅米线,特别是这家酒店的小锅米线。住在这家酒店的日子里,我每天早上都要吃,有时候深夜了,还下楼去点来当消夜。小锅米线,顾名思义,每一份米线都是单独用小锅煮出来的,韭菜和肉末是必有的。这里的小锅米线,汤汁极香,米线极好,是我离开四川这么多年里吃过的最好吃的米线,而且吃不腻。米线一直是我的最爱,我喜欢吃各地的米线,并且和老家的做比较。一碗浅浅的米线,是我最深的乡愁。

晚上回到酒店,我在一楼的自助餐厅里吃饭,喝点啤酒。这是我一天里最惬意的时候。我开始注意到酒店里入住的客人,很多都是在云南或者边境做生意的外省商人。他们或者要从故乡去到他乡,或者要从他乡返回故乡,在这里休整、中转,准备去往下一站。有的时候,我很羡慕他们。同是天涯沦落人,相逢未必尽相似。我虽然也是人在天涯,却并没有真正的自由。我从小受到的教育和我所能从事的工作,让我不能也没有机会过真正的漂泊人的生活。

有一次，身边坐了三个四川商人。他们是在缅甸做木材生意的，此行经昆明回川探亲，在 H 酒店暂住。他们操着浓重的四川口音，摆谈着在缅甸的经历。他们喝了很多瓶啤酒，还划拳，放肆地笑。末了，他们拉拉扯扯着，歪歪斜斜地离开了餐厅，走出了酒店。

一楼的餐厅和外面只隔着透明的玻璃。透过玻璃看出去，酒店外面的广场对面是一个面积颇大的娱乐会所。会所在二楼，要从一楼的很高很宽、颇为壮观的台阶走上去。

晚饭后，我独自走出酒店，来到二环路边。晚霞满天，暮色四起，遥望酒店，孤立而荒僻。我觉得这是一家不可思议的酒店，自己身在一个虚幻而迷离的世界。

五、昆明散记

昆明市中心的标志是两个相向而立的牌坊，一个叫金马，一个叫碧鸡。这里在中华人民共和国成立前是一条老街，我看过老照片，类似北京的前门大街。凡军队凯旋、高官莅临，必要在这里走一遭的。高头大马从这两个牌坊下面穿过去，好不威风。现在它们不过是市中心广场上的两个标志，失去了实际的功能。和绝大多数大城市的市中心一样，广场辽阔，高楼林立，商铺密集，人山人海。

牌坊的旁边是著名的过桥米线总店。据说最贵的过桥米线要好几百元一份。我没有去吃过。我和同事去过总店楼上的另一家餐厅。我们点了烤鱼，但是没烤好，让他们返工了，味道仍然一般。点了一种虫子，里面已经空了，只剩虫子的壳，吃起来软软的，没有什么味道，就当吃蛋白质了。在昆明，于吃上很粗糙，并没有吃到昆明的特色菜。我只记得有个小米辣炒肉，特别辣，辣得心慌。傣族餐厅在昆明很多，有一次和同事去吃傣族菜，在一条挨着家乐福超市的小街上，全是少数民族风格的餐厅。吃了什么菜也不记得了，只记得又酸又辣。后来带另外的同事去那里，我们在家乐福超市周围找遍了，却再也找不到那条街了。

昆明的大街小巷到处都是卖普洱茶叶的店面，陈列着不同形状和年份的茶砖，或方形，或圆形，有的奇大，有的特小。市中心广场上有两家相邻的店。我想给朋友买一点茶叶，但是我不懂茶。我走进其中的一家，店主是一个体态丰盈的中年女人，见我进门，二话不说，就开始向我推荐茶叶。我问了一些问题，比如不同茶叶的特点和功效，她说不清楚，终于不耐烦了，用浓重的昆明口音对我说："你这人真好笑，又不懂茶，我给你推荐呢，又这么多问题。"我哭笑不得。我这个诚心诚意来买茶叶的人，就这样被嫌弃了。我没有说什么，走出来，进了旁边一家店。这家店内有小桥流水，案上摆着工夫茶具，女店主端坐案后，和客人饮茶、聊天。见我进来，不提买茶，只请我品茶，和我聊茶。我问她隔壁的店是怎样的背景。她说隔壁以前是卖鞋的，见这边生意好，也改卖茶了。最后我在这里买到了心仪的茶叶。我故意提着茶叶经过先前的店，那个胖胖的中年女人站在门口，看着我，无语。

四川人喜欢外出闯荡，最后落叶归根。云南人大多恋乡，终生就在自己的老家度过。所见的昆明人多敦厚纯朴，乡土气息浓厚。正因为如此，昆明人的狡猾，也狡猾得那么憨厚，正如那个过去卖鞋而今卖茶叶的中年女人。

从金马、碧鸡附近往东走，不知不觉，就走到一个广场，上有抗战胜利纪念堂。其楼是中西合璧的新古典风格。印象深刻的是纪念堂及广场两边弧形道路外侧的房子，很有特色。两边的房子都很长、很薄。一边的房子极像一面弧形的墙，墙上有窗户和门，墙体斑驳颓败，还有人家居住；另一边的造型更加别致，像一个极薄的熨斗，已经荒废，无人居住。我很好奇里面的房间是怎么样的，当年的人是如何居住的。

然后沿着一边走去，就走到了昆明的老街，两三层的黑瓦红木的歪歪斜斜的老房子。当街的房子的底楼，还有商家在做生意，旧小卖店、小吃店、茶馆、老字号的中药铺……依稀能看到汪曾祺笔下的昆明的街景。再往里走，则近乎废墟了。房子破旧不堪，表面随意凌乱地钉着木板铁皮，雕花的阳台栏杆落满了灰尘，屋顶的瓦片间衰草丛生。很多房子的墙壁上都写着大大的"拆"字。我发现这些画着圈的大大的"拆"字都好像已经很有历史了，说明这样的老街已经存在很久了。

很多人在路上悠闲地遛狗，或者就干脆空着手漫无目的地闲逛。街边小店的门口总坐着闲人在喝茶，聊天，晒太阳。

昆明只是一个田园牧歌式的栖居地，给人们蓝天、白云、阳光、空气、高原、边陲，简单而散漫，清新而真实。

后来再来昆明的时候，二环路已经修好了，市内交通状况大大改善，出租车司机也不再抱怨了。

六、在云南大学

一个午后，我去了云南大学。

我是从翠湖北路云南大学的正门进去的。所谓正门，一迈进去，却好像一脚踏进了凝固的历史。东西两边的草坪夹着的甬道上立着两个老牌坊，有点通灵仙境的感觉。地上满是银杏的落叶。据说中央有九十五级的巍巍石阶，午后的阳光，透过树荫，在已经斑驳的石阶上洒下光影。我拾级而上，石阶逐层迭起，只见到顶端的会泽楼红砖灰柱，巍峨矗立，仰之弥高。

会泽楼前古树参天，树上有松鼠爬上爬下，我从来没有看到过这么多的松鼠。它们时不时地跳下来捡吃的，有的时候，见来了陌生人，会迅速地蹿回到树上去，你站立不动了，它们又跳下来捡吃的。人、古树、松鼠，在这里和谐相处。

穿过会泽楼左侧一片小树林，才算是进入了真正的大学校园。经过了九十五级台阶到达这里，实际上是进入了一座小山。所以云南大学实际上是在山上。山里面绿树成荫，树荫下有桌、有椅、有长凳。我羡慕那些在树荫下学习的二十岁左右的大学生们，惭愧自己当年虚度了光阴。长达五年的时间里，自己都在浑浑噩噩中度过了。

天蓝得如油画一般。我在离钟楼不远的一个水池边坐下来晒太阳。我想到电影《阳光灿烂的日子》里，马小军穿着发黄的绿军装，坐在阳光下面，背后一片金黄。

水池是圆形的，周围有一圈石头台阶，可以坐人。我的旁边坐着一排小孩子，得有十来个，男孩、女孩都有，有的是少数民族的打扮。他们的衣服并不怎么整洁，面容也并不怎么干净。他们有的在嬉戏打闹，有的在安静地坐着，有的在独自拘谨地做一些小动作自娱。他们的中间，是一位老人，慈眉善目，一副教授的模样。老人端坐着，脸朝向天空，迎着阳光，闭目养神。间或地，老人会睁开眼睛，招呼孩子："××，别闹了，安静一下。""××，别跑远了！""××，坐好了，想一想今天的经历。"被他招呼的某个小孩，会暂时地安静下来，像个老实巴交的小学生，然后老人又继续闭目养神，打闹的孩子又开始打闹，安静的孩子继续安静着。

我猜不出来老人和这些孩子的身份以及关系。我也不想去猜。我甚至觉得，在昆明，一切本不寻常的事情都是寻常的，不需要解释，不需要理由。我也把脸转向天空，渐渐闭上了眼睛，眼前一片橘黄，继而出现了巫家坝机场追着我扔名片的小贩，在小面馆里吃面的三个男人，坐在医院门口的大树下吸水烟筒的老人，H酒店的从缅甸回来的四川商人，闭目养神的老人以及不明来历、不知去向的孩子……所有的这些人，此刻都在以水池为圆心的这一片草坪上，飘浮着，晃动着，在阳光之下，灿烂而迷离。

我从中抽身出来，离开了老人和孩子，离开了云南大学的校园，到了文化巷。那是一个很小资的地方，不宽不长的巷道里，集中了很多西餐厅、日韩料理、咖啡吧、酒吧、水吧。我看到一家茶社，走进去，靠窗坐了下来。里面有书，我挑了几本放在桌边。旁边有几个云南大学的学生在打扑克消遣。这里已经不是汪曾祺老先生当年在西南联大读书时去过的那些喝茶、看书的老街，也看不到曾经下雨时他在莲花池边的一个小酒店里看到的把脑袋反插在翅膀下面，一只脚着地，一动不动地在屋檐下站着的鸡了。

2013 年 8 月 9 日

福州在回忆里

一

　　F 酒店位于福州的东街上。酒店的外观是一栋银白色玻璃幕墙的摩登大楼，为这条大街增色不少。酒店的内部却颇陈旧，大堂的陈设、电梯和房间里的地毯、家具，都有一些年头了，好像在走复古路线。因为地处市中心，离要去办事的医院也很近，所以初到福州的时候，就住在了这家酒店。

　　从福州的长乐机场到酒店，一个半小时的车程。一路上要翻山越岭，渡江过河，看到的是天地辽阔，波澜壮阔，以至于未到福州而对福州期待很高，感觉是要进入一个很宏伟的都市。终于到了市区，却发现福州城的格局并不大。道路狭窄，建筑稠密，是一个中等城市。

　　东街不长，也不十分宽。从这条街可以看出福州这个城市的特点。城市没有主色调和固定的风格，建筑五颜六色，五花八门，这和北方的城市迥异，和广州这样的南方城市类似，没有清高范儿，倒也不让人觉得冷漠。摩托车是这里普通市民的日常交通工具，如同内地的自行车。每个十字路口，等候的摩托车比驻足的路人多。时髦的女性戴着草帽，骑着轻骑，穿行在马路上，是一道风景线。街道两边无非是商铺、饭店、银行、酒楼，不过福州的西餐厅特别多，永和豆浆和上岛咖啡也随处可见。

F酒店虽然设施陈旧，却有它的特质。这里的服务员，朴素低调。房间空间够大，落地窗朝向东街，拉开窗帘，外面是一个大世界，合上窗帘，里面是一个小世界。房间里有温泉淋浴。福州多温泉，福州人喜欢泡温泉，他们叫"泡汤"。大小酒店、宾馆都打着二十四小时温泉淋浴的广告，我本不相信。是不是真的温泉，谁说得清楚？入住F酒店以后，我至少能确定，这个酒店的淋浴，确实是温泉。淋在身上的感觉，和自来水不一样，温润、柔和。这里的早餐不错，有很多福州特色的小菜，足以下粥。傍晚的时候，有服务员送来一份《海峡都市报》和一碟水果。总之，是我喜旧厌新，总是能找出旧的百般好、新的百般不好作为自己安贫乐道、不求改变的借口。当然，更直接的原因是，酒店离S医院确实很近，过一个路口就到了。之后来福州，也就习惯住在这里了。

二

S医院的Z医生，三十来岁，个子不高，体形壮实，长了一张慈眉善目的阔脸，逢人便笑，热情健谈，粗线条的性格，在科室里属于人见人爱的类型。他经常被护士姐姐开玩笑，也经常找护士妹妹开玩笑。医生的工作压力大，用脑过度，天天和病人打交道，所以个性多内敛，Z医生这样的并不多见。我早上到了医院，在住院部门口总被保安拦住。我拨通他的电话，然后把手机给保安，此刻，Z医生一般都在查房，于是对着电话大声嚷："那是我的朋友，和我约好的，你让他上来吧！"

中午我和他常去医院附近的一家自助西餐厅吃饭。福州有很多这样的西餐厅，主食牛排，水果、小菜和餐后甜点随便吃。福州人很喜欢吃西餐，我看到很多上班族中午就在这样的西餐厅里就餐。有的餐厅环境更好些，还有书吧、乐队。我们边吃边聊些闲话。他是福州本地人，老婆是医院的护士，结婚多年了，还跟父母住在一起，倒不是家庭条件不好，应该说正是因为家庭条件不错，才没有单独买房的需要吧。

Z医生对我的工作还是很配合的。我去了之后，操心的事情并不多，一般在上午就把活儿干完了，中午和Z医生吃饭后就可以回到F酒店里待着了。如果没有别的安排，可以一直待到第二天早上。我怀疑我在福州的一半时间是在F酒店的房间里度过的。我总是把窗帘拉得严严实实的，让房间里漆黑一片，然后打开电视机，但是几乎不看。上网、回邮件、写报告。无聊了，就把窗帘拉开一点缝隙，看看外面的熙熙攘攘。

傍晚了，如果想出去透透气，就到酒店旁边小巷里的一家东北餐厅吃饭，要两个酱骨架、一份水饺、一瓶啤酒。或者去附近的好又多超市里买些吃的带回酒店当夜宵。夜深人静了，把"拒绝打扰"的牌子挂到房间外，把宾馆的电话设置为"拒绝来电"，钻进被窝里，看深夜肥皂剧到睡着。有时候失眠了，强迫症一样地去偷听门外过道里的动静，并判断路人的身份。有一家老小，闹闹嚷嚷的，深夜了才到宾馆落脚；有喝醉了酒的，一路高歌……

三

福州菜偏甜，黏糊糊的，有点像上海菜。葱姜蒜椒，一律
少用，也少放盐，偏爱加糖，荤素都加。还喜欢加耗油、虾油
之类，腥味重。这样的饮食习惯，我这个四川人，望之则畏，
即之不温。我怕我吃太多了，从牙口到肠胃，都要坏掉。有名
的荔枝肉，其实无关荔枝，但是色、形、味，都似荔枝。我虽
不爱吃，但也佩服他们能在这方面花如此心思。四川人的心思
都花在辣椒和花椒上了。

福州人爱煲汤，无汤不欢。在福州的汤菜中，最有名的是
佛跳墙。不过我在福州无缘喝到这么名贵的汤。老百姓通常也
不会花费精力去做这道汤，福州靠海，海鲜多而便宜。福州人
平常多做海鲜汤，以贝壳类为主，简单易做，清淡爽口。与广
东的汤文化不相同。广东的汤喜欢放各种中药材，细炖慢煨，
麻烦得很。每道汤都有它的中医理论依据，和养生相关。福州
人安逸生活的体现，就在于两个汤上，一是煲汤，一是泡汤。
在扬州的时候，导游说扬州人的生活是"早上皮包汤，晚上汤
包皮"，我觉得福州人的生活可以说是："白天人煲汤，晚上汤
煲人。"

福州的小吃，我喜欢肉燕和锅边。肉燕类似云吞，也就是
四川的抄手，有的地方也叫扁食。肉燕和抄手的不同在于，其
皮是用猪肉和以面粉后打压而成的。打肉燕是福州逢年过节、
婚丧喜庆的一道民俗景观，郁达夫在《饮食男女在福州》一文
里有生动记录，我心向往之，却无缘亲见。肉燕皮薄如纸，晶
莹透明，食之则细嫩软滑，有点类似广州的水晶虾饺，算是一
道很精致的小吃。锅边就简单了，把米浆倒在锅边，烤干后，
和锅里的汤混煮而成。福州人喜欢在锅边里加海鲜，是为海鲜

锅边。福州的鱼丸很有名，不过没有特意去吃过，在广东就对这类丸子不感兴趣。

初到福州的时候是夏天。那里的夏天，并不比内地更热，也远没有广州潮湿。但是在一年里，总有好几个月是夏天的天气，这是内地人受不了的。福州地处东南沿海，天亮得早，黑得也早。刚到福州的时候，没有经验，晚上在酒店睡觉，没有特意把窗帘拉得严实，早上四五点钟天就亮了，阳光照了进来，被照醒后赶紧去把窗帘拉严实了，却再也睡不着，只得睁着眼睛等早餐时间。白天有点精神恍惚，感觉像在倒时差。到了下午四五点钟，外面就华灯初上，像傍晚了。

福州的雨季也长，从四五月开始，便进入了绵绵的梅雨期，一直会持续到七八月的台风季节，那时候暴雨就多起来了。老天有"眼"，经常在我就要离开福州的时候，也就是在下午三四点的时候，雷雨大作，昏天暗地。这个时候，想拦辆出租车，真的是比登天还要难。好不容易到了机场了，也是怎一个"等"字了得。机场航班无一例外地要晚点，等到深夜，能起飞就不错了。福州靠海，冬天虽然短暂，但也是很冷的。阴冷，风大。在寒冷的冬夜里，喝一碗海鲜锅边，是一种幸福。

四

去福州的次数多了，也有时间去逛逛大街小巷、古迹名胜。

于山位于福州市中心的五一广场边，于山堂的后面，山高不过百米，植被茂盛，名胜众多。在城市的中心有这么一座并不是人工堆砌的小山，有风景，可观赏，有历史，可凭吊，这是大自然给福州的恩赐。山上古榕奇石随处可见。我记得上山的路边，有一株古榕，盘根错节地包裹着下面的巨石，形成了一个山洞。

山上有纪念戚继光抗倭的戚公祠，好像戚继光凯旋后，在这山上喝醉过，躺在一块巨石上睡着了。戚公祠附近有一个纪念国民革命军第十九路军在福州发动政变，号召全国抗日的纪念馆，忘记名字了。这事情中学历史课本中讲过。这些志士们曾经就在这里开过会。从戚公祠后的小坡上去有个郁达夫纪念馆，郁达夫在抗战期间在福州停留过一段时间，写了不少和福州有关的文章。意外的是，他还写了首词——《满江红》，纪念戚继光的，被人用大红字刻在戚公祠附近的一块石头上。像郁达夫这样的旧文人，虽写起文章来颓废消沉，但其为人处世却并不消沉，甚至是个积极入世的人，并最终成了一名革命烈士。人性的复杂和微妙，很难说清。

于山还有一个魅力——半边是寺庙，半边是道观。上山一侧是庙宇，景点颇多，也热闹；下山一侧是道观，干净无尘，很清净。沿这样的路线游山，感觉很好。走到山顶，有处亭子，可俯瞰福州。山下闹市，高楼林立，车水马龙，而此身处在山林间，老榕苍柏，一派幽静。

三巷七坊，闻名久矣，福州籍的名人，多出于此。郁达夫也在这里住过。我也不知道是从什么角落钻进去的，看到的却都是残垣断壁，到处写着大大的画圈的"拆"字。"旧时王谢堂前燕，飞入寻常百姓家"，这里比乌衣巷还要破败，寻常百姓家也见不到了。只剩下歪斜着挂在暗红色木门上的《海峡都市报》的报箱，以及墙壁上挂着的还没有拆下的水电表，让我知道曾经确实是有寻常百姓生活于此的。这跟多年前去成都的宽窄巷子的所见类似。听成都的朋友说现在宽窄巷子已经焕然一新、游人如织了。可是，那还是曾经的宽窄巷子吗？好像是路过了一些名人的故居，门口都贴着封条，不能进去。有个院子，并不是唐宋古居，应该是什么单位的宿舍区吧。院子里一片死寂，见不到一个人影。我站在院子中央，打了个冷战，快步走出院子，走出三巷七坊，回到了人间，钻进了人流。

没来福州前，不知道福州也有个西湖。福州西湖，小得可怜。没有杭州西湖的大气，也没有扬州西湖的婉约。湖在闹市中，倒映在水里的，除了岸边的柳树，还有不远处的高楼。公园更像是一个市民聚集地，里面有人唱戏，有人打牌，有人闲聊，很热闹。

西湖的尽头，是福建博物馆，陈列讲述福建的大陆文化和海洋文化。大陆文化讲福建人是从哪里来的，海洋文化讲福建人到哪里去了。福州靠海，几乎家家都有在海外谋生的远亲近邻，不管在外面发财与否，总要对家乡人表现出风光的一面，并且有回馈亲人的义务。所以，没有漂流过海的福州人，因为有这么一层背景，不管自身做什么工作，大部分还可以衣食无忧，也许这也是福州人安逸自足的原因之一吧。

福州的寺庙也去了一些，西禅寺、开元寺，现在已经记忆模糊了。林则徐纪念馆，我也曾经慕名而去，然而却在闭门维修，于是在对面小街喝了一碗锅边，回酒店去了。

五

在福州的最后一年，因为需要拜访的医院离东街比较远，我搬到了另一条街的另一处酒店去住，那里离医院近，离机场大巴的车站也近。此后，就再也没有住过 F 酒店。

小 Y 当时也在福州，在我待过的第一家公司的福建办事处工作。

　　我们是刚到广州就认识的，那时候她还是个刚毕业的姑娘，东北人，从哈尔滨坐火车，过了好几条江，才到了广州。北方美女的长相，南方人的娇小身材，眼睛很大、很有神。我们还一起找过出租房。那时候的她，初生牛犊不怕虎，有点像个小大人。喜欢说话，眼神里总是充满了灵气和憧憬。

　　到福州后，我们一起吃过几次饭。我记得她请我吃黑鱼、吃海鲜。那时候她在福州待的时间已经不短了，男朋友也到了福州。两个人一起在福州为了他们的将来打拼。她说她喜欢福州的小而安逸，不喜欢广州的大而喧嚣。但是能看出来她对当时的生活状态并不满意。她话少了，有些内敛而谨慎了，眼神里也多了一些深沉和忧郁。

　　后来，她和她的老公，也就是之前的男朋友，又到了杭州。在杭州，他们应该是找到了他们想要的生活，在那里买房安居了。这个北方的小妮子，在祖国的南方转了一圈，终于找到了自己的家。最近一次看到她是去年的年初，她来广州办事，老同事们一起聚了一下。当时她已经怀孕，要当妈妈了。她显得成熟而平和，眼神里充满了慈爱和安详。

　　交友是为了找到自己，远行是为了找到故乡。小 Y 应该是找到她的故乡了，我还不知道自己的故乡在哪里。

　　最后一次去福州是三年多前，和同事一起，到福州已经是晚上了。想到以后可能很难再有到福州的机会了，就拉着同事去了 F 酒店。到了酒店门口，发现门上已经贴了封条。这个外表摩登、内部陈旧的走复古路线的酒店，终于在这个时候开始搞装修，要革新了。我们狼狈地穿梭于黑夜里的大街小巷，终于找到了另一家酒店落脚。

2013 年 7 月 5 日

五月在江汉油田

　　我请了一周的年假，和妻儿一起，从广州乘高铁至武汉，再转动车到潜江，来到江汉油田上二姨的家里。母亲也在那里。

　　时间已经是初夏，广州异常闷热，每天都是交替的烈日和暴雨。我这个半失业的人，早就已经没有了上班的热情，又不能静下心来做一些将来的计划，得知母亲要去二姨家里待一段时间，就动了去看看十几年未见的江汉油田的念头，并很快成行。电话里听母亲说潜江最近刚下过雨，凉快得很，白天要穿长袖，晚上要盖被子。好一个清爽的地方。

一

　　列车一路向北，进入了湖南境内，山多了起来，隧道也多了起来。外面阴沉沉的，下着绵绵细雨，看站台行人的穿着，还有一点凉。有一段地方也许离广西不远，成片的类似桂林一带的山，郁郁葱葱的，一座一座独立地屹立着，形态不一，各不相连，如墨迹点缀于苍茫的天地间。其他的地方，或者是连绵叠嶂的崇山，或者是低矮光秃的丘陵。细雨绵绵，烟雾蒙蒙中，分布着湖南民居。

一直觉得，论风土人情，湖南和四川是最像的。幸运的是，湖南出了沈从文，所以人们认识了凤凰镇，却少有人知道四川那么多的小城小镇。小时候家里订了一本杂志，叫《龙门阵》，专门刊登四川城镇上的风俗和掌故，所以我最早知道"哈儿"师长的故事，是在书上，而不是在电视上。

高铁自然比普通列车更干净、有秩序，乘务员也更训练有素。但是也有人把脚放在前面的椅背上，有人躺在两个空着的座椅上睡觉，有人在大声通电话。有两个小姑娘，挨个地收集座椅背后口袋里没用过的纸质垃圾袋，然后如战利品一样给她们的妈妈，我相信不是她们的妈妈想要这些垃圾袋，而是她们在做游戏，觉得好玩而已。有个老太太，面前放了一本书，口里念念有词，说的是白话，旁若无人，我仔细一看书面，像是佛经。也有老太太在慈祥地逗弄旁边妇人的孩子，给妇女讲带孩子的经验；有中年男人把前排乘客口袋里掉出来的车票捡起来，放在桌上，等他睡醒了，再递给他；有年轻人在给旁边的老母亲测血压，拿药片，递热水。

儿子在他妈妈的怀里睡着了。我看着他，突然觉得他长大了很多。一个多月前，我在机场的接机口看到他妈妈走出来，一手推着行李箱，一手推着小车，他坐在小车里，像只小猫，脸蛋红通通的，坐得直直的，小手抓着小车的前面，左看看，右看看，一脸的懵懂和惊惶。回来前在老家感冒了一次，吃饭不好，瘦了一些。我看到他的小样子，心疼；他看到我的老样子，陌生。我抱他，他哭，要找妈妈。一放到他妈妈的怀里，就笑，眼角还挂着泪珠。一个多月过去了，身体好了，吃饭香了，又成小圆脸了。他也终于认识我了，看到我回家就笑，叫我"大大",最近可以叫"爸爸"了,要我抱了,要我亲了,要我陪他玩了,要我推着小车带他逛街了。晚上睡觉,会往我怀里滚了,小脚丫有时候突然就横到我的身上或者脸上,我不敢动,怕惊醒他。每天早上醒来,他睁开眼睛,看看妈妈,再扭头看看爸爸,就咯咯地笑,可爱得很。他真的知道新的一天开始了吗,或者旧的一天已经成为过去?

二

到潜江的动车开出不久,车窗外面一片开阔平坦,到江汉平原了。太阳出来了,天大亮了起来。平原上一片丰收景象,一片一片的金黄的麦子等着收割或者正在被收割。有的地方在烧麦秆,浓烟袅袅。田地边上很多排列整齐的两三层的红顶小屋,顶上清一色的太阳灶。这和湖南山区的农村景象是迥异的。肥沃的江汉平原,哺育了这些富裕的农民,像这样的风景,现在全中国还有多少?还有多少属于农田的地方没有被开发商占领或者分隔,还有多少农村的家庭在安心务农?

上一次看到这样的场景还是在我初中学校的后面,那里过去就是一片田地,小升初开学的时候,正是水稻收割季节,也是一片金黄。父亲带着我穿过田间小道去学校报名,一边走着,一边告诉我以后就是中学生了,他不能天天跟着我了,自己要自觉。其实那时候哪里听得进去,上初中没几天就像被放了敞马(放敞马:四川方言,放任自流的意思),到处跑,没跑几个月,就栽进了那片田地里,狼狈回家。往事如烟,那里如今没有田地了,换成了小区。

第一次去二姨家是五岁的时候,二姨一家还住在农场。那一年的冬天,江汉油田的雪下得很大,白茫茫的一片。中间有一个点，就是二姨的家。不远处还有一个点，是一个澡堂，我们都去那里洗澡。

十九岁的寒假，我们从重庆坐轮船一路游玩到了荆州，再转车到了油田。那一年，二姨家已经搬到了五七厂，临街。一条主干道，路上有很多"麻木"（三轮车），路边有很多水杉。主干道不长，走不了多远就到了农村，农村的房子和老家很像，小平房，周围有竹子，门前有池塘。油田上有很多钻井塔，三五一列，机械臂向地下伸进伸出。那时候二姨的几个儿子都长大成人了，他们小时候都回老家和我玩过，对我很亲。大哥成家立业了，三哥外向活泼，交际甚广。二姨操心的是二哥。二哥性格内向寡言，当时年龄不小了，没有谈朋友。二哥其实是长得很帅的，但是表情忧郁，不苟言笑。用现在的话来说，是个酷哥。我记得临走的时候，是清晨，我们快上车了，二姨和其他人都在车门口和我们说话、道别，我们都没有注意到二哥在不在。后来我们上了车，车快开了，突然发现二哥就站在窗外，向我们挥手道别，他也不说话，只是内敛而沧桑地笑着。

到潜江站了。我们走出出口，空气确实很清爽通透。母亲在出口等我们。一个中年男人站在母亲旁边，几近光头，尽管面部整洁，但是掩饰不住岁月留下的痕迹。他看着我们，内敛而沧桑地笑着，这就是我的二哥了。十几年了，我们在不同的世界里，遇到不同的人，做着不同的事情，经历着不同的人生，现在突然出现在了彼此的面前，却不知道说什么。我们这样两个拘谨木讷的人，既不会热情拥抱，也表达不出"好久不见，你没怎么变"之类的感慨。二哥一边抢着提我手里的行李，一边带路，我一边说"不用不用，行李很轻"，一边往他的车边走去。

三

一进二姨的家门，我就仿佛回到了十几年前。一切都是记忆中的样子，记忆中的气味。我在原来的角落换鞋，在原来的房间放行李，在原来的地方洗脸后，在原来的沙发上坐下来。原来这里的一切都是那么深刻地埋藏在我的内心深处，连墙上的贴画我都还记得。

二姨在原来的厨房里准备晚餐。二姨是典型的中国传统女性，她有一种如陈年佳酿的内在美，朴实而平和，善良而慈悲，隐忍而不失坚强。二姨和母亲都是极善良、很勤劳的妇女，但是母亲的性格是比较外向刚烈的，遇事好言，言出必行。如果说人格魅力真的可以让一个人看上去很美的话，我是从二姨身上发现的。她也让我认识到，魅力在于朴实真诚，不在于巧言异行。

开饭了，大家都到齐了，除了三哥，他去南美洲找石油了，千山万水的。人太多了，把大桌子摆出来，到房间里搬凳子，这又是十几年前的场景。满桌子的菜，都是四川家常菜的味道，还有母亲带来的老家的卤鸭和牛肉。二姨一家离开四川三十几年了，还保持着四川老家的口味和习惯，桌子上总有一个盛辣椒油的油碟。十几年前，也是这些同样的人，围着同样的桌子，吃着同样的菜。不同之处在于，大哥的孩子洋洋，已经长成一米八的大小伙了；三哥的孩子涂涂，已经是四岁的幼儿园小朋友了；我的儿子还是个小不点儿，坐在桌子旁边的小车里，两手在空中乱比画着，喝奶奶喂的粥。二哥还是一个人，还是话少。他也不吃饭，只喝酒。喝了啤酒，又自己倒了大半杯白酒喝。也不敬酒，但是每次拿起杯子的时候，总要和大家象征性地碰一下。饭后，一大家子人在并不十分宽敞的家里，女人们收拾碗筷、照顾孩子，男人们收拾桌椅、说说闲话。涂涂很兴奋，可以放肆地玩，放肆地笑，不用担心大人打屁股。

油田的格局没有变化，还是一条主干道，从五七延伸到广华，但是道路拓宽了很多，可以算得上大街了。两边的商店、住宅、单位，都没有变化，只是二姨家对面的以前的工人俱乐部现在改成了购物中心。这里没有高楼大厦，楼房几乎一模一样，都是四五层高，排列得整整齐齐，队列一般，从街道两边向远处的田野蔓延。街道上有轿车、的士、公交车，也有农用机车、拖拉机，还有"麻木"。当地人称三轮车为"麻木"，现在的"麻木"多是带车棚的三轮摩托车，车棚还制作得挺精致，我看到路边有专门定制"麻木"车棚的店面。以前这里的"麻木"比较原始，我记得还是人力三轮车，而且和老家那种普通的三轮车不同。他们的车，骑车的人在后，坐车的人在前，骑车的人面朝着坐车的人，往前骑，很有意思。想来想去，也只有这样的平原地带，有这样的"麻木"，要在重庆那样的山城，还不得把人累死。

远处就是油田，和田地交织在一起。所以这里晚上小飞虫、蚊虫很多。在路上散步，可以看到树荫茂密的地方，飞虫成群结队地在空中飞舞。油田上的钻井塔还在，随处可见，三五一排，机械臂向地下一伸一缩的，也不知道地下是不是真有石油。就像拉磨的老驴，只管绕着圆心永不停歇地转圈，不管磨盘里有没有东西。这是一种好像钟摆的嘀嗒声一样的东西，是油田上特有的象征着时间流逝的背景。我喜欢这种没有感情色彩的永远保持恒速的没有变化的背景，在这样的背景里，我觉得自在。

早上去逛菜市场，我发现这里的菜很便宜，普遍比外面便

宜一半以上，都是附近农民自己种的新鲜蔬菜。菜农都是附近的农民，如此便宜的菜价，也任人挑选，怡然自得的样子。有一种菜，他们叫藕带子，就是藕茎，是这里的时令菜，价格不菲，十几元一斤。以前在武汉，朋友请我去吃恩施菜，吃到了这个东西，很稀奇，清炒，味道不错，脆脆的。端午节快到了，市场上很多卖粽叶的。卖竹笋的也很多，我记得小时候来这里，走到农村里还看到有大片的竹林。

路上总会碰到一些他们的四川老乡，走走聊聊，聊些自己老家的新鲜事情，临别了，互相约着去串门、吃饭。油田上的人来自全国各地，石油工人、退伍军人、知识分子，当年响应祖国的号召，携家带口，来到这里，生根发芽，这么多年过去了，他们还保持着乡音，还和老乡们保持着密切的联系，谁要回老家去探亲，就会问老乡有没有东西需要帮他们捎回去，并帮他们老家的亲人捎些特产回来。谁老家的亲戚来这里，就是大家的亲戚，会互相请客聚会，绝无陌生人的生分和市侩的计较。

五月的阳光之下的江汉油田，亮丽而清爽，辽阔而宁静，这里既像是城市，又像是农村，或者说这里既不像中国的任何一个城市，也不像中国的任何一处农村。倒有一点世外桃源的感觉。《桃花源记》不是这么写的吗："土地平旷，屋舍俨然，有良田、美池、桑竹之属。阡陌交通，鸡犬相闻。其中往来种作，男女衣着，悉如外人。黄发垂髫，并怡然自乐……问今是何世，乃不知有汉，无论魏晋……余人各复延至其家，皆出酒食。停数日，辞去。此中人语云：'不足为外人道也。'"

四

二姨家对面的购物中心，也就是以前的工人俱乐部，旁边的一排平房是吃夜宵的地方，一到晚上，热闹非常。闻名全国的油焖大虾很受欢迎。

一个晚上，二哥和三嫂带我们去吃油焖大虾。油焖大虾用的食材是河里的小龙虾。长江沿岸城市都有养殖。这东西以前在上海吃过。当时是一个冬天的晚上，在上海市中心酒店旁边的一个小巷子里，满街都是小龙虾大排档。当时不是油焖，是清蒸的，然后自己蘸点酱油什么的就着吃。寒冬腊月的，小龙虾都很老了，壳很硬，吃不到什么东西。

二哥下单后，我们没坐多久，两盆油焖大虾就端出来了。红彤彤的小龙虾，红彤彤的大辣椒、花椒、大蒜、八角、茴香、陈皮等各种大料，色彩喜庆，香气宜人。我们迫不及待地吃了起来。这种小龙虾的钳子几无肉可吃，主要是吃身体的部分，肉还是很饱满的。加的香料太多，味道很重，比较适合我的口味。吃了这个，再吃别的菜，就几无味道。现在正是吃小龙虾的时候，刚上市，很嫩。

二哥给我讲起了油焖大虾的故事。据说以前小龙虾都是用水煮了吃，不值钱，大家也没觉得是个稀罕玩意儿。二姨家的小区里有一个小摊主，外号小李子，他本来是个靠老婆开馆子过日子，自己吃闲饭，不招人待见的主，后来吃闲饭吃出了灵感，做出了油焖大虾。刚开始就在二姨家的小区里面开店，后来生意越来越好，又到外面去开了大店，名气越来越大，大家纷纷模仿，开遍了江汉油田，开到了潜江，开到了武汉，开到了全国。遗憾的是他早期没有商业意识，小李子油焖大虾的商标居然被别人抢先注册了，所以最后被迫用自己老婆的名字注册了商标。二哥说现在在油田上已经吃不到很大个的虾，大个的都被送到大城市去做油焖大虾了。因为当地的油焖大虾都是按斤来卖的，运到外地大城市的餐厅去，按个来卖，划算。

一边吃着，一边和二哥聊着，聊二哥这些年的一些经历。二哥是油田的司机，常年在全国各地的油田上出差，有时候也要下井。山东、陕西、甘肃、内蒙古、四川……各地的油田都有他的足迹。二哥并不怎么吃虾，只是一边喝酒，一边慢悠悠地说话，内敛而沧桑地笑着。我渐渐明白二哥的沧桑感因何而来，也开始知道他在外面并不是冷酷到底的，他只是不愿意触及个人情感话题。三嫂不吃虾，却要请我们来吃虾，真是难为她了。临走了，二哥进去结账，出来扔给三嫂几张钞票。

"你去抢着结什么账啊，把钱拿着，我有虾票。"

"我哪知道你有虾票……"三嫂一脸委屈。

五

每天早上睡到自然醒，起来吃早餐，吃二姨自己做的包子、饺子、粽子，然后和她们一起去买菜。回来后和孩子们玩玩。儿子在这里进步很大，也许是看到的人多，逗他的人多的原因，几天的时间里，学会了爬，学会了挥手，喊爸爸也喊得更清楚了。他倒不怕生，见谁都笑，谁抱都不哭，唯独怕二哥，他二叔。二哥戴个墨镜，不苟言笑，虽然已经尽他所能地做出卡通人物的表情想逗他，他还是不让抱，一抱就哭。他妈妈把他接过去后，他把头埋进他妈妈怀里，然后又转过头来，偷偷瞄他二叔，大家一注意到，他马上又转过头去，埋进他妈妈的怀里。三嫂很年轻，打扮很洋气，年龄比我还小很多，看得出来她在努力适应扮演一个母亲和媳妇的角色，但是终究还是年轻女孩子的心境和经历。涂涂从模样到性格完全遗传了三哥，好动到了极点，几乎不能停下来，家里没有他不能爬上去的地方，经常要我拿着沙发垫子当沙包，供他练习武功。午饭后，睡个大觉起来，吃点水果，和母亲说会儿闲话，看看电视，看看杂志。这样的慢生活，对我来说，就好像躺在三亚的海滩上，沐浴着阳光，从早到晚。

五月末的下午，江汉油田上阳光明媚，微风阵阵，二姨的家里敞亮而清凉，田野上的布谷鸟叫声传来："布谷，布谷，布谷……"我躺在原来房间里的原来的床上，看到原来的干净如初的旧式家具（柜子、椅子等）、吊扇、黄色漆的木门、镶木边的镜子、二姨用了三十几年的缝纫机，还有十几年前就放在那张桌子上的电子琴，惘然若失。

十几年前的下午，这张床上躺着的是一个有点自闭倾向的少年。他既没有任何同龄人所热衷的爱好，也不会和成年人主动说话，讨他们的喜欢。他只会在这张床上看些乱七八糟的书，然后一个人在油田的大街上晃荡。走着，走着，就走到了农村，走到了池塘，走到了竹林。他总是对任何地方都那么好奇，又那么冷漠，他怀着好奇的心情去到那里，又带着冷漠的表情离开那里……

时间永在流逝，油田依旧宁静。看着身边酣睡的儿子，我禁不住去抚摸他、亲吻他。此刻，我觉得自己就是一只在阳光下蜷缩成团的猫，无比温软，从心里到指尖。

2013 年 6 月 4 日

印象丽江

一

丽江古城没有围墙。

出租车在古城外公路边一个小巷口停下来，司机告诉我们，进入里面就是古城了。我们下了车，取了行李，就从巷口钻进了古城。

司机把我们丢在这样一个静僻的入口，其实并无不好，正中我意。从一条不起眼的巷道进入一座神往已久的城市，就好比从琐碎的日常生活中进入一个仰慕已久的名人的内心世界，没有比这样的方式更适合的了。

干净的石板路，好像被水打磨过，透着光泽，依着水渠的弯曲向前蔓延。水渠很清澈，能看到漂动的水草和裸露的石头。石板路和小溪两边是纳西族民居，多为两层，灰瓦木架，砖石为基，和在大理见到的白族民居有类似之处，如两边都有高高翘起的檐角，结构多为三坊一照壁，院里都有天井；又有纳西族自己的特点——多以木结构为主，显得玲珑别致，造型各异，又风格统一。

很多拐弯处、十字路口的水渠上，都有小桥。有小桥，有流水，就差断肠人了。走在石板路上，几乎每条街巷里，都有店铺在不停息地放着同一首歌曲："嘀嗒嘀嗒嘀嗒嘀嗒，时针它不停在转动，嘀嗒嘀嗒嘀嗒嘀嗒，小雨它拍打着水花……"来往行人就沉浸在这沙哑女声中，穿行于迷宫棋盘般的古城街巷间，构成了古城的色彩基调。

临街的民居都被用作了客栈或店铺。客栈多选带天井的院落，天井作为主人养花种草、展示意趣，客人谈天闲坐、喝茶发呆的地方，是丽江客栈必不可少的元素。客栈的名字也很有意思，有的很古典，有的很西洋，还有的很后现代。记得路过一个客栈，题名"单车与刀"，"单车"好像还能理解，"刀"就不知道是什么意思了。

二

我们住的客栈在七一街一条上坡的巷里，离古城的中心四方街很近。老板和老板娘是四川老乡，在广州打拼了十几年后，来丽江住了下来，租了这处民居，开了客栈。老板在天井里以茶待客，老板娘在院落里以琴会友。院外熙熙攘攘，院里自成天地，真够得上一个"雅"字。

饭庄很多，店各不同，都少不了腊排骨和三文鱼这两样。三文鱼是没有尝，我向来对寿司系列没有兴趣，不懂欣赏，不管是哪里的鱼。腊排骨是慕名品尝了的，说实话，有一点失望，其实就是一锅腊排骨煮白菜。这东西别人可能不知道，我作为四川人，太不稀罕了，一锅腊肉汤而已。丽江的菜其实就是川菜的底子，带点云南菜的粗犷。有名的丽江粑粑没尝过，倒是临四方街的一家小吃店里六元一碗的鸡汤米粉很受用，鸡

汤鲜香，米粉细软。还未到故乡，先尝到了久违的故乡的味
道。

　　有的民居做了水吧、网吧、咖啡吧、茶吧，这类地方是最
重视装饰的，风格差异很大，凸显了店主的个性和审美情趣。
这是有道理的。休闲场所，同类相吸，一类人，进一类店。不
过每个店门旁墙壁上必有标志性的几个关键词：上网、聊天、
发呆、晒太阳……

　　不过这几天好像难得见到以这种方式存在的人。店里坐满
了或旅行团的，或拖儿携女的游客。人人脸上都很兴奋，动作
也很丰富。只记得在一个巷口，一处两层民居，二楼过道上，
一个女子，面朝路人，一边弹吉他，一边唱着台湾腔的歌，还
有一点自我的样子。

更多的民居做了店铺，门类繁多，琳琅满目。刚开始的时候，我觉得进了集市，颇有兴趣。逛不了一个小时，发现整个古城街街是店，巷巷是铺，所卖不外围巾披肩、木雕陶器、银饰玉器、茶叶牦牛肉等，就有点视觉疲倦、兴趣索然了。一个城市怎么能处处是商铺？有一条步行街就够了。老百姓还要日常生活嘛！

古城已经不能称为一个城，只能说是一个市，大集市。看不到还有原住民住在这里的迹象，大街小巷都找不到原住民的居所。他们仿佛悄然退出了，把丽江让给了全世界。

有一些店是卖非洲手鼓的，总有一个小伙在门口拍鼓，几个游客坐在里面跟着学，不知道这里为什么会流行非洲鼓。还有一些淘碟的店。大概这些都是为了满足小资们日益增长的精神需求而繁荣起来的吧。

原住民还是能见到的。街道上不时能看到路口有纳西族老太太出没，满脸沧桑的皱纹，穿着鲜艳的民族服饰。不过，我很少遇到传说中的晒太阳或发呆的老人，他们都很忙碌，都提着个篮子，或在卖特产，或在卖雪梨，或在烤臭豆腐。有一个坐在路边卖特产的老太太很有意思，背后货架上写了几个大字：谢绝拍照，请自重。

三

还有一些店是卖东巴纸的。东巴纸是用当地树皮经古老工艺制作的手工纸，象牙色，粗糙，吸水好，据说是世界上最古老的纸。纳西族人就用这样的纸来记录他们如天书般的纳西族文字。

丽江遍布纳西族文字。我在城里一所小学外写满鲜艳整齐的纳西族文字的墙壁上仔细观察过这种古老的文字。这其实是一种半画半符的原始象形文字，还没有完全抽象化，很多字是可以从画的角度来辨别含义和欣赏结构的。草木花石、高山湖泊、日月星辰、浮云流水，无不入字。这样一种千年以前的文字能够被保留下来并被后人充分理解，确实是难得的。

纳西族人还有自己的音乐和舞蹈。从茶马古道上下来，我们去听了一场纳西族音乐会。纳西族音乐和舞蹈是一种原始氏族文明，表现的是祭祀、占卜、婚丧、劳作等主题。纳西族人唱歌也喜欢放开吼，但是和西藏人、蒙古人是不同的。他们吼得不悠长婉转，仿佛喜欢很快很有节奏地收放，这可能和劳动的节奏有关，也可能和地域的狭小有关。

四

从古城的中央广场四方街沿着一条宽阔的街市走，一路人潮涌动，两边商铺林立。商铺外小桥流水，杨柳依依，很快就到了著名的大水车的景点，其实是一大一小两个紧挨的水车。玉龙雪山上的水流到丽江，从大水车这里分为三支，灌溉全城。所以从古城任何一个地方，只要逆水而行，就不会走失，最后总能走到大水车这里。

大水车位于古城的标志入口处，旁边是一个广场，也是古城和新城的一个标志性分界。丽江作为一个旅游集散地，也集中体现在这里。游客在这个广场上集中，坐上各个旅行团的车，到玉龙雪山，到拉什海，到茶马古道，到泸沽湖，到香格里拉……

旧居古道，小桥流水，原始的文字、音乐，神秘的宗教、历史，茶马古道的熏陶，玉龙雪山的哺育，丽江确实是一个有魅力的地方，值得一来。在钢筋、水泥里挣扎的年轻人来到这里晒太阳，发呆，逃避，遗忘，幻想，寻觅，放纵……

酒吧一条街在四方街后面的小坡上。晚上从这条闻名中外的一条街走过，切身感受了它的魅力。一条水渠把街上的酒吧分隔两畔，水渠两边也是垂柳依依。酒吧也由纳西族民居改成，一个紧挨一个。闻名已久的一米阳光、千里走单骑、小巴黎，就在这里。

每个酒吧都张灯结彩，震耳欲聋，极尽视听刺激之能事。酒吧的灯笼和路边的垂柳倒映在水渠里，摇曳多姿，这条街就有了蛊魅妖艳之气。酒吧门口总有两位着纳西族盛装的女子在迎宾，窗栏写满了各种标语。窗户都是透明甚至没有玻璃的，人们在台上疯狂地热舞。夜色渐深，有人走进酒吧，有人走出酒吧，一幕一幕丽江之恋在这里开始，在别处结束……

我已经过了三十岁，确实不太喜欢这条街，因为自己的格格不入吧。想起了在大理古城的夜晚，看到一群年轻人，有中国人，有外国人，他们坐在十字路口一家青年旅社外面的路边，有人在唱，有人在跳，有人在哭，有人在笑，有人在喝酒，有人在弹琴，不知道他们之间是否认识，觉得他们更可爱一些。

五

束河古镇是离丽江古城不远的另一个古城。网上评论那里更原生态。或许能见到更多的原住民吧，我们就去了一趟。

小雨淅沥。到了古城入口，感觉却像到了公园大门，进到古城里，更加失望。这里的街道比较直，房屋也更加整齐，色调多为白色，其他并无区别。处处商铺、客栈、饭庄，也是一个浮华喧嚣的集市。我开始怀疑网上的评论者是哪一年来到这里的。

路的尽头，是一条河。古城有河，分隔两边，吊脚楼沿河委蛇，这倒是给了束河古镇另一番不同的风采。河边拱桥旁，吊脚楼下，端坐着一位纳西族老人，一脸沧桑，向我微笑示意。我向他走过去，他指向身旁的立地木牌，我走近细看，上面写着：合影留念，五元一张。

我站在河边看对面，烟雾迷茫间，一片古朴寂静。难道对面就是桃源？我们从拱桥走过去，果然是一个真正的纳西族古城！有斑驳沧桑的旧屋，有长满杂草的院落，有真正的原住民，路的尽头还有农田……当然，也开始有了饭庄，有了咖啡吧，有了晒太阳和发呆的人，还有拍婚纱照的新人……

回到客栈，在天井里喝茶歇息，和老板商量明天去玉龙雪山的行程。老板娘琴声落定，对我说，玉龙雪山的终年积雪已是陈年旧事，现在只有春节前后适宜上山看雪，这个季节，山上没有雪，不去也罢，下次再来看雪吧。说完，琴声又起。

我真的发呆了，半晌，"哦"了一声，一边低声说着"下次再来吧"，一边回了房间。

2011 年 11 月 2 日

西 湖

　　到杭州两天了，闷热，不透气。杭州城建得稠密，不开阔，要去办事的医院都离得不远，拉不开距离。来前挂念的事情也不顺利，节外生枝，心情颇有些烦闷。上午，收工得早，偷得半日闲，决定去西湖走一走。

　　出了医院，阳光刺眼，一想到即将看到接天莲叶、映日荷花，即将走在绿杨荫里、雷峰塔下，心情顿时就清爽了起来。让那些劳什子见鬼去吧，今日我要做半日西湖中人，不知有汉，无论魏晋。

一

　　出租车在城里的大街小巷弯来拐去，我正迷失了方向，视野突然开阔了起来，一股混着莲藕气味的水汽扑面而来，西湖竟然就在眼前了。我下了车，透过岸边的垂柳看出去，好大一片湖！辽阔低平，云雾蒸腾，远山层叠，与天相接。我的身后就是热闹喧嚣、密不透气的杭州城，眼前却是一望无际、风景如画的湖光山色。俨然不同的两个世界，直接对接，全无过渡，我感觉到身心立时得到了极大的舒展。我也曾去过别的湖，这种感觉是从未有过的。

我是在孤山路口下车的，司机告诉我断桥就在这里。以西湖名气之大、名胜之多，我确实知道名字及大概来历的，也就断桥和雷峰塔而已。下车后，沿湖岸步行不到两百米，就到了断桥下。断桥岸边有一碑亭，立有乾隆皇帝手书"断桥残雪"的石碑。断桥不断，是一座单孔拱桥，灰白浅平，延伸向白堤。此刻，烈日当空，看雪是奢谈了。烈日下的断桥，在远山近水的背景下，古朴冷峻。我体会不到许仙和白娘子在断桥上送伞还伞、离别重逢的浪漫，只觉得站在断桥下，内心比刚才平静一些了。

走过断桥就上了白堤。白堤不足一公里，两列桃柳把白堤分成三部分，中间走行人，两边有靠椅，堤边无栏杆，堤面低浅，几与水平。"最爱湖东行不足，绿杨阴里白沙堤"，遥想白居易当年，早春时节，踏马徐行，由断桥而上白堤，晴空万里，微风拂面，湖光山色，桃红柳绿，游兴甚浓，好不惬意。两年前的阳春三月，在瘦西湖的岸边见识过什么是桃红柳绿，相映成趣。现在已是初秋，杨柳仍绿，桃花不再。不过，艳阳之下，白堤之上，一面湖水，两行绿柳，何尝不美？美则美矣，这样天气，流汗受晒，是免不了的了。

白堤尽头是孤山，实乃湖中一岛。有两句诗，"疏影横斜水清浅，暗香浮动月黄昏"。我终于知道诗作者竟然是这岛上的一位隐者，叫林和靖。这样想起来，那时候这岛还是静谧之地，可以遁世，可以感受到如此阴美的意境。现在水中无荷，岸上无梅，却正是桂花飘香的时候。岛上遍植桂花，桂花的香是淡甜的。平湖秋月也是西湖十景之一，无月可看，我找了处岸边阴凉，坐下来休息，这样的天气，长时间行走，有点累。远看湖面上的湖心亭和阮公墩，各郁郁葱葱的一团绿，与孤山成三角状，自然天成，这也是老天对西湖的恩赐了。如今的孤山一点也不孤，名人云集。许多政治家、革命家、文学家、金石家、学者、诗人、隐士，都曾在这里留下足迹甚至求得归宿。景因人而成名胜，人因景而有典故，正是人和景相互依托，才成全了西湖今天的名气吧。西泠印社也在这岛上，印社门口有一个小书店，店里坐一老人，在安静地刻印。游人进出，倒不像是他在意的事情。

二

过了西泠桥，就离开了孤山，到了湖岸边。此刻，我才发现，阳光已经收敛，乌云渐渐聚拢，天竟然暗了下来。岸边有苏小小墓、武松墓。看过后，我坐在一棵参天梧桐下，远眺湖面，已经全无断桥处的湖光山色，一片空蒙疏离。背邻古墓，面朝湖面，我开始觉得落寞。繁华落去，山雨欲来，接下来的一切，应该是完全不同的体验了。为什么是在这里？为什么刚好在这里？这一切，好像是冥冥中注定的。

打雷了，雨水开始滴下来。人说西湖，晴不如雨，雨不如雪，虽不能见雪，我今天也算是三生有幸，能看到雨中的西湖了。

游西湖，移步换景，地图是多余的。岳王庙就在眼前了，过马路便是。这时候，雷声轰鸣，但雨还不大，没有成片。我抬头看庙门两边的廊柱：三十功名尘与土，八千里路云和月。谁能想到有如此气魄和阅历的盖世英雄，最后的归宿在西子湖畔，和苏小小为邻，与武松做伴。到岳飞墓时，暴雨大作。岳飞的真身埋葬于此。墓阙后面两侧就是著名的四奸人下跪像，从小在历史课本上看到的插图，在这里得到了印证。

墓门出去是后园，满园桂花，雨中飘香，两侧是碑廊。走到这里，已经是天昏地暗，暴雨倾盆，游人纷纷进到碑廊里躲雨。我先是在屋檐下的台阶边休息，雨越来越大，我才转身留意到墙上的碑文，是岳飞手书的诸葛亮的《前出师表》和《后出师表》的碑刻，贯穿长廊，颇为壮观。开始部分的字体工整铿锵，刚健有力，越到后面越肆意挥洒，行云流水，最后段落已经是全无拘泥，随心所欲。碑文后有楷书复录的前后出师表全文，我一字一字地读完了诸葛亮的泣血上书。一位老年人，拄着拐杖，也站在旁边，一字一字地读。读到最后，是岳飞自己写的抄录前后出师表一事的经过，不能全记，抄录于此：

> 绍兴戊午秋八月望前，过南阳，谒武侯祠，遇雨，遂宿于祠内。更深秉烛，细观壁间昔贤所赞先生文祠、诗赋及祠前石刻二表，不觉泪下如雨。是夜，竟不成眠，坐以待旦。道士献茶毕，出纸索字，挥涕走笔，不计工拙，稍舒胸中抑郁耳。岳飞并识。

站在碑廊下，雷电交加，雨水从房檐滴下来，打到地上，滴答作响，孤冷之意，涌然而起。遥想千年前，岳飞夜宿孤庙，愤然疾书，同样是郁结于内，虽然抄录的人是他，但是我也好像得到了发泄。看完碑廊的碑文，雨小多了。我又回到墓前，看了看岳飞的墓，然后出了岳王庙。

如此文弱柔和的西湖，在这里荡开一笔，阳刚雄浑，荡气回肠了一把。这也是西湖的个性魅力之一吧？就好像李清照，婉约一生，也能吟出"九万里风鹏正举"这样的豪放词来。

三

从岳王庙出来，在路边买了一把伞，准备步行，雨中走苏堤。

曲院风荷没有进去，这个时节，映日荷花是看不到了。我直接走上了苏堤。雨却渐渐停了，天亮了一些。雨后的身上有些湿润，脚底生疼，自然没有白堤上的轻快了。有"滑板青年"经过停下，找我攀谈。他是广西人，在杭州打工多年，经常来西湖玩滑板，却并不知道此处是何处，问我这个生客。看到他生气勃勃、激情洋溢的样子，好生羡慕。在苏堤上的感觉和白堤又不同，不是"春风得意马蹄疾，一日看尽长安花"，而是"归去，也无风雨也无晴"。苏堤很长，近三公里，有六座小桥分割相连，可缓解游人疲倦之意。路上游人，或者恋人一对，或者亲友一群，独行者少见。走过一半，太阳已经西去，傍晚渐近了。远望了三潭印月，路过了花港观鱼，雷峰塔，就在眼前了。

此时看"雷峰夕照"，时间正好，然而夕阳却不配合，只能见到灰蒙蒙的天空下，雷峰塔屹立在山顶上。塔尖金光闪闪。我和它隔着水，隔着山，我看它孤零零的，它看我，估计也妩媚不起来。绕来绕去，来到了雷峰塔下，此塔是近年来重建，原塔在二十世纪二十年代倒了，所以有鲁迅的两论雷峰塔之倒下。其实当时倒下的已经是最后的石体，以前的木体早已经毁于战火。重建后的雷峰塔金碧辉煌，光芒四射，还有电梯直达四层观景。这样的一个塔，一则起到了雷峰塔发掘与历史博物馆的作用，二则提供了一个览西湖全貌的平台，三则恢复了"雷峰夕照"一景。至于塔本身的文化价值，就另当别论了。

南屏山在雷峰塔的对面，净慈寺在山下，"南屏晚钟"一景就在里面。进到寺里，直接就看见大雄宝殿了，恰逢僧众正在做法会，念《地藏经》，信徒也在里面跟着念，路上还有小和尚提着供品往殿里走。后山的殿都不开放，不能进去。我就去寻找"南屏晚钟"了，原以为应该在地势深要处，才有荡气回肠、响彻山谷的感觉，找来找去，原来就在门口的钟楼里。也不能进去，想必就是它了。我出了寺门，见到碑亭，康熙皇帝手书的"南屏晚钟"石碑立在亭里。此次西湖行，以乾隆皇帝手书的"断桥残雪"碑始，以康熙皇帝手书的"南屏晚钟"碑止。真有意思。

我在碑亭旁坐下来。南屏山下，暮色沧桑。曾经，这里乃一荒山野寺，人迹罕至。背靠南屏，面朝西湖，僧人们白日里自食其力，修身养性，到傍晚，钟声响起，群山回荡，湖面萦绕，晚饭后，继续打坐修行，论道参禅，日复一日，年复一年。

十年以前，我还在绵阳。租的小房间在涪江边上。每天下午六点，就听到江边的钟报时。开始一直不知道钟在哪里，后来走到江边，觅音寻踪，看到了钟。从此以后，每天下午六点，听到钟声，就散步到江边，闲坐于钟下，日复一日，月复一月。

"请问能暂时回避一下吗？我们拍照。"我被游人叫醒，忙起身让出碑亭，发现眼前已是车水马龙的霓虹世界，除了归去，已经无处可去。

第二天，早上起来，温度骤降十摄氏度，冷雨淅沥，杭州一夜入秋。

下午，到机场的路上，看到新闻，昨夜西湖边的集贤亭倒了。集贤亭没有亲见，也不明来历，倒了就倒了吧。我也该回到广州去继续讨生活了。

2012 年 9 月 23 日

大理遇故人

　　客车穿出最后一条深长的隧道，就到了大理的下关。

　　下车时，已经是傍晚时分，暮色渐深，凉风渐紧。远看下关城区，天低云密，群山环绕，一片苍茫寥廓。我深吸了一口空气，异常清爽通透。

　　老邓已经在路口车旁向我招呼，我连忙迎上去，五年未见，老邓略有发福，更显成熟，仍不失当年热情敦厚之风采。收拾停当，一行五人向下关城里开去。

　　下关是大理的主城区，街道布局整齐，十字交错，建筑不高，多为白色，道路干净，少见尘埃，老邓解释说是因为下关风大，所以干净。好不幽默谦虚的解释。不过，"上关花，下关风"，下关的风确实是出了名的。

　　渐入郊区，路边一栋一栋的白族民居次第经过，远远看去，都是白墙灰瓦，白墙上多有精致的黑描花纹，檐角都向上翘起，似小鸟仰头屹立在屋顶四角。每一栋民居都显得精致而有斯文之气，非常漂亮。这些民居的外面，就是白族人圣洁的洱海了。天色已暗，凉风阵阵，洱海平静寂寥，无比深邃。路的另一边便是苍山，日暮苍山，云蒸雾绕，如梦如幻。

在一个路口拐弯，车开上了一个斜坡，停在了一家造型别致、精雕细琢的白族民居院落门外。车未停稳，我已经看到老王在院门口微笑示意。我连忙下车，迎上前去。同室三年，一别五年，甚是想念，老王外表没有变化，仍然戴着一副眼镜，笑容可掬，厚道气质，兄长风范。华西坝三年，从老王身上学到很多，获益至今。进到院落里的天井，我抬头望出去，好一个背靠苍山、面朝洱海的所在！

　　曲径通幽，一行人进到一个房间里。杨师兄和几个嫂嫂竟然都在座，简直让我这个师弟受宠若惊了。众人落座，侍者上菜，大家就边吃边聊了起来。大理的菜和川菜近似而有不同，好辣不好麻，好用辣椒粉，不常用红油。乳扇是大理的一道特色小吃，用牛奶炸制而成扇片状，奶味与油气齐备，一口下去，初觉香脆，继而绵软。很有特色，但是甜软的东西，我只能吃一点。

　　酒过三巡后，大家开始随意互敬聊天。几个师兄年近中年，现在都事业顺遂，家庭和睦。我们聊起了大家在华西坝的往事、毕业后的经历，聊到了同学的旧事新况、华西坝的新闻旧闻，等等。往事如烟，世道沧桑，大家时而开怀大笑，时而不胜唏嘘，时而恍然大悟，时而陷入沉思……

　　天下没有不散的筵席，老王开车送我们回客栈。一路上，谈论着大理的风土人情、名胜特产。非常轻松，异常舒畅。不觉就到了客栈门口。

　　风情大理客栈位于古城南门口。又是一处典型的白族民居，两层院落。三面一照壁，入口的门楣雕刻极精致，彩绘极艳丽。院内天井是一个或酒吧、或书吧、或网吧、或聊吧的地方。灯火阑珊，有三五人在散漫地坐着，或看书，或发呆。办理入住停当后，我们送几位师兄、嫂子离去。提着行李，上到二楼，穿过房外走廊，进了二楼拐角的房间。

　　略微收拾后，烧了一壶水，泡了一杯茶，坐在房门口走廊拐角处的藤椅上，点燃一支烟。透过缭绕的云雾，静静地注视着下面茫茫夜色中的天井院落，这个位于苍穹之内，高原之上，大理城里，古城边上的白族民居客栈里的寂静院落。

　　写此文的时候，一直想着孟浩然的《过故人庄》，高山仰止，却不能完全对应自己在大理的观感，斗胆借用来改成一首自己的《大理遇故人》。造诣自有天壤之别，心境确实略有不同。

　　　　　　　故人具鸡黍，邀我至酒庄。
　　　　　　　洱海山下静，苍山海外茫。
　　　　　　　开轩面古城，把酒话旧情。
　　　　　　　返程相谈欢，客栈别离寂。

　　　　　　　　　　　　　　　　　　　2011 年 10 月 8 日

登机口

　　车到机场的时候，司机才叫醒我。我看了下时间，离登机只有半小时了。

　　我慌忙地付了钱，下了车，取了行李，冲进了出发大厅，换了登机牌，过了安检，再提起行李箱，一路奔到 B205 登机口。我让自己停下来，站定，却没有看到排队的人流，只看到一个通知牌：因航班延误，登机时间改到 5 点 30 分，登机口改到 B02。

　　延迟一个多小时登机。我颓然地拖着行李，摇晃着走到了 B02 登机口。一眼就看到了空椅，顾不得左右情形，就坐了下来。把行李箱扔在旁边，四脚八叉地伸展开来，仰头靠着椅背，闭上了眼睛，连手指头都不想动了。

　　我觉得很累。最近都没有休息好，晚上常常会醒来，有时候还会害怕。我不知道自己在害怕什么，只知道肯定不是怕黑怕鬼。早上也很早就醒了，以至于刚才一上车就睡着了，一路无知觉。

　　我一动不动地仰坐了一会儿，有倦意却不能小憩。脚一晃碰倒了行李箱，我起身扶起了行李，就不想再坐下了。我看到登机口处,一群旅客正围着工作人员,好像在质问航班晚点的事情,时有激动之语,我也凑上去,问航班为什么晚点,为什么最近老晚点云云。其实我并不关心这些事情,但就是觉得应该义正词严地和他理论一下,不吐不快。

工作人员应答还算得体,大家渐渐散去。我重又坐下,不久就又站起来,走到吸烟区去,点一支烟。我看着这些吞云吐雾的中年男人,一个个的,隔着云雾,满眼倦态,满脸皱纹,满口粗语,满腹牢骚。我顿生厌恶,但是转念一想,此时此刻,自己又何尝不是"语言无味,面目可憎"呢?

我又坐下来,继续等待。四肢一静,头脑即动,就百无聊赖地烦躁了起来。我想到了最近的一些事情,处置不当,说过的一些话,不合时宜,很烦躁;想到现在的一些棘手的事情,或陷困境,或无头绪,很烦躁;想到今后的种种负担,样样艰难,很烦躁。曾国藩言:"物来顺应,未来不迎,当时不杂,既过不恋。"我是一件也做不到。我这样想着,就觉得自己最近半夜醒来害怕的原因找到了。我又坐不住了,站起身来,在过道上徘徊。

登机时间终于到了。旅客开始聚集到检票口排队检票,还算秩序井然。B02 登机口在一楼,要坐摆渡车过去。大家纷纷过了检票门,上了车。车门刚关不久,天上竟然就开始下起雨来。雨滴很大,来势不善,车上的气氛开始躁动不安起来。车门一开,大家便拥向了云梯下面。云梯上有顶盖,可以挡雨。此时已经完全没有了排队的秩序,大家争先恐后地往云梯上挤,工作人员已经乱了手脚,但是还是坚持着尽力拦住人流,履行他检票放行的职责。这时,雨已经越来越大,打在身上,越来越密,越来越重,人流开始混乱躁动起来,有撑伞的,有没伞的,都在拼命地挤。有人在喊:"这么大雨,还查什么票，别拦着！"有人在喊："你的伞拿开！伤到我了！"工作人员被人流推着往云梯上步步后退，已经不能控制自己，但是他还在坚持尽量履行查票放行的职责。

我很卑微，也在这混乱的人流中，或主动，或被动地挤上了云梯。我忙回头提自己的行李箱，就在回头的这一瞬间，我看见在笔直的云梯之下，扭曲的人流之外，一个中年男人，站在雨里，撑着一把不算大的伞，行李箱放在地上，安静地站着。我看不清楚他的面颊，只看到雨水已经打湿了他的行李箱和双臂，他安静地站着，仪如止水。就在那一瞬间，我的心里一颤。

我不能控制自己的脚步和视线，很快就被人流挤到了云梯上面的平台，空间开阔起来，我终于可以站定，并回过头去，俯视身下的云梯。那个中年男人正提着行李箱，最后一个走上了云梯。

2011 年 7 月 31 日

候 机

　　登机时间快到了，检票口没有动静。广告通知，广州那边在下暴雨，起飞时间无法确定。看来到家又是半夜了。在检票口遇到一个中年男人，四十岁左右，商人打扮，长相很像《潜伏》里的"马队长"，一脸凝重、不苟言笑地在看着航班延误的通知。我总觉得面熟，在哪里见过，一时间又想不起来。

　　昨天的会议还算顺利。至少算是完成了议程，没有发生不愉快。虽然不知道这样的会议能起什么作用，也许根本就没有作用。我的内心总是纠结于事情的本质，并且总是无例外地指向消极的一面，最后总是陷入无意义的空虚。所以我总是宁愿不发生任何事情，这样就不存在本质，也无所谓空虚。但是，我又总是充满期待。

　　去灵隐寺的路上，司机告诉我，今天是观音菩萨的生日。莫非我还真的是一个和佛有缘的人？在这样一个时间，来到杭州，在这样一个时间，去到灵隐寺，带着我半年来的期待和空虚。我确实是虔诚的，收到来杭州开会的通知后，就和小萌约好了今天的灵隐寺之行。

　　初次见到小萌，是十四年前，在天津的大姨家里。那一年，我才上大一，我还没有从高中的自闭和高考的挫折中走出来，颓废抑郁，消极迷茫，无心学业，虚度终日。那时候，小萌不到十岁，乖巧得很，皮肤有点黑，聪敏可爱，热情善良。临走时在火车上，他还给我这个小舅的手里硬塞了几个硬币，他自己存的。

十四年后的今天，我已经脸残心废了，被命运驱赶着，情愿或者不情愿地，一路就走到了现在。小萌"恰同学少年，风华正茂"，大学快要毕业了，正在准备出国或者去香港继续学业。一个很朴实、有礼貌的优秀学生。他有点心事重重的样子，可能最近压力比较大。

我也是个心事重重的人，不过经常属于庸人自扰。到外面去吸了支烟，回到座位，我看到"马队长"坐在了我的对面，在发呆。两个无聊的人，四目相对。我突然想起来，我确实见过他，几年前，在某个城市的机场。当时也是因为航班晚点，他在和某航空公司的人理论，他说他坐过所有国内航空公司的飞机，没有比他们服务更差的。没错，就是他。不过，这一次，他很安静，有些颓然的样子。可怜的人，又遭遇晚点了。不过，这一次，是在杭州。

两次杭州之行，画了一对括号，把这半年隔离了出来。同样的城市，不同的心境。我不知道等待自己的是什么，所以去了灵隐寺。但是在灵隐寺里看到的唯一被我记住的一副对联，写的却是："人生哪能多如意，万事只求半称心。"且为之奈何？

我看到"马队长"在和旁边一位貌似"炊事班班长"的中年男人攀谈，"班长"也是生意人打扮。"马队长"也许是太无聊了，明显是他主动"进攻"的。"班长"开始兴致不高，有些矜持，后来渐渐话多起来，好像在讲些自己生意场上的趣事。他的面相属于天然呆、自然笑，本应该是个很有亲和力的人，但是一直端着，有距离感。"马队长"表情肃然，一直专注地注视着"班长"，倾听为主，不时发问，偶尔听到该笑的时候了，就突然拍一下"班长"的胳膊，很配合地干笑两声。

快九点的时候，通知可以登机了。还好，今晚我还有希望在自己家里睡觉。上了飞机，往自己的座位走去，我看到了"马队长"，在机舱的紧急门处就座。我找到了我的位置，"班长"就在我的旁边。我坐下来了，准备睡觉。这时候，前面的"马队长"突然站起身，走过来，对"班长"说："兄弟，你到前面来坐，咱们接着聊，我旁边这位愿意和你换。""班长"一脸憨厚地笑道："算了吧，麻烦，行李都放好了，我就坐这里了。"

"马队长"回到他的座位去了。"班长"有些烦躁地翻起了杂志，乘客都各就各位，安静了下来。空中小姐在演示安全操作，飞机开始滑行了。机舱内暖热起来，灯光迷离。我渐渐迷糊了，眼前出现了湿漉漉的广州的雨夜、黄花新村里的小屋、路边的烧烤摊、《潜伏》里的"马队长"……

2013 年 4 月 1 日

尘世微末

这里就是我童年世界的边缘。从鹤鸣巷到嘉陵江
边这一段不长的路程，我走了十五年。

——《白塔山下》

白塔山下

一、仙鹤巷 20 号

我的脑海里经常浮现出二十几年前的一个画面——夏天的傍晚，小院子里，石桌子旁，一个男娃，光着上身，穿着裤衩，陷在一把和他那瘦小的身体极不般配的硕大的藤椅里面。院子里没有别人。天色已经微黑，暑气还没有退去，各种不能名状的小虫子的叫声已经四起。他安静地半躺在藤椅里，也并没有在睡觉。天空是那么深邃，院子却是如此狭小。屋子里隐约可见黄灯，可闻人声。

这孩子是我，母亲刚给我洗完澡。

母亲用赭红色的塑料洗澡盆倒一大盆热水，端到院子里石桌子旁边的地上，然后把我三两下扒光了，扔进盆里。我坐在盆里，两手扶着盆子的边缘，任由母亲给我搓泥抹香皂擦身体。我坐着有旁边的石桌子高，只能看到桌子侧面长满青苔的壁，我就一直看着墨绿的青苔和青苔间斑驳的石壁。母亲给我洗完了澡，把我放到藤椅里，就忙别的去了。

我乐于在父母面前扮演乖孩子的角色，安静而好学。其实我非常好动。此刻正安静地躺在藤椅里的我，也许白天时在操场上和教室里狂了一个下午，也许是逃了一天的课，跟在高年级学生屁股后面懵懵懂懂地在路边晃荡了一天。回到家里，我累了，就安静了。以至于他们一直以为我很内向，甚至木讷，到现在也没有指望我能在关键时候说出什么有用的话来。

院子的石桌子左右各一，因为有它们，住在周围的孩子都喜欢来玩耍。

我们在石桌子边围坐着，各拿了一本关于变形金刚的漫画书，照着里面画画。我一直觉得我是画得最好的，我可以模仿书上的擎天柱，勾勒出几乎一模一样的轮廓，蜡染上几乎一模一样的色彩。后来我被父母送去跟着新华书店做广告宣传画的亲戚学画，他说我是一个学美术的人才，因为我可以把大门上年画里的人模仿着画得一模一样。

L也喜欢画画，但是我一直觉得他画得很丑。他总是不照着书上来，喜欢自己凭想象乱画，画出来的变形金刚歪歪斜斜，比例失衡，和原型完全不像，看起来很不美观，和他小时候的邋遢形象倒是有点像。我们都嘲笑他。

岁月证明，我除了会摹画大门上的门神，并没有任何美术的天赋，平庸至极。他却是个天才，大学毕业以后，南下广州，投身漫画界，靠着自己的才气和多年的坚持，成了某著名漫画杂志的编辑，跻身国内漫画界的资深人士。

我对抓杏仁是有一些天赋的。

抓杏仁就是拿风干后的杏仁来做游戏。有两种方式。一种是只用杏仁，不借他物。手里握一颗，其他的随机撒在桌子上。然后把手里的一颗往空中抛起，伺其在空中起落的间歇，迅速抓起桌子上的杏仁，在把桌子上的杏仁抓入手中后，迅速接住从空中落下来的那一颗杏仁，合而为一，完成一个环节。

开始时，每次抓一颗，抓完桌上所有，即完成一个循环。然后一次抓两颗，一次抓三颗，以至于一次抓起桌上所有的杏仁。不能小看这个游戏，要玩得好，必定心要巧、眼要快、手要准。

另一种方式是用乒乓球代替握在手里的那颗杏仁。借助一个小小的乒乓球，增加了游戏的乐趣。杏仁在桌上撒开四散，乒乓球在桌上一起一落，与桌子砰然作响，再起时，就与桌上的杏仁一起入手，节奏感更强，观赏性更好。特别是女生中的高手，以纤细如玉的手指，一把抓起桌上所有的杏仁，同时接住落下的乒乓球，完美收梢，无不美丽。

男生玩这个多不在行。男生爱吹纸人儿。把画了打仗故事的小人书——《三国演义》《水浒传》之类——上的持枪弄棒的小人儿剪下来，要剪得非常小心翼翼，千万不能伤了利器。这就算是有了自己的队伍了。然后，两个人相向而坐，各自的纸人儿放在各自面前的桌上，一二三，一起张口轻吹，战将出列，对擂开始。吹到我方战将的武器覆盖了对方战将的身体，同时没有被对方的战将伤害，我方就赢了。对方的纸人儿就归我了。所以玩这个游戏，选战将很重要，身体越小越好，武器越长越好。在吹的时候，控制前进的方向很重要，掌握气息的火候也很重要，太重太轻，都可能顷刻间自寻短见，谈笑间灰飞烟灭。

后来发展到吹神将。就是《西游记》《葫芦兄弟》里那些妖怪，吐火的、喷水的、发射远程武器的。那些妖怪看似厉害，其实经常是绣花枕头。一个凡将，只需以小小的身体，持丈八长矛，以灵活的偷袭战术，就可以轻松穿过他周身的火团，或者夸张的神力，直刺对手的身体。所以后来大家发现，神将普遍不如凡将。于是又规定，神对神，凡对凡，从此

"井水不犯河水"。

每个男生都有一本用来夹纸人儿的笔记本，通常是自己最好最新的本子。看到自己日夜征战赢来的一大本各式各样的威猛的战将，栩栩如生，跃然纸上，每一个战将的由来都充满惊险，值得回味，在眼目所及与心灵所忆中，获得无限的满足。

夏天的中午，知了聒噪，睡不着。我不理解大人们为什么这么爱瞌睡。晚上睡了，中午还要睡。我躺在床上，看到阳光从屋顶瓦片的缝隙里漏下来，在我的眼边，形成一条垂直的光柱，里面能看到飘浮的灰尘，光柱投在地上，能清晰地看到蚂蚁或别的小虫子从里面爬过。我把自己的夹纸人儿的笔记本从枕头下面拿出来，翻开，一个个跨马持刀的大将们扑面而来。我请出一位来，投到光柱里，让他驰骋疆场。我号令两位出列，投到光柱里，让他们互相厮打……

我从小就住在这个房间里，但是这个房间并不属于我。它属于仙鹤巷20号。它是一排平房的中间的堂屋，堂屋的门也就是家的大门，面朝小院子。这个房间，既是我的卧室，也是家里的客厅，还是来客的客房。我的父母可以随时从他们的卧室进到这个房间里来查看我的动向，外来的人总是需要从这个房间的大门进到我的家里。大门很大，一打开屋里就敞亮，直接对着外面的院子，这时，我甚至可能是赤裸的。我经常还在床上躺着的时候，就有外面的来人敲门，父母去开门，迎接他们进来。我无处躲藏，除了把头埋进被窝里。

时至今日，我仍然恐惧于门一开，就被人一览无余，无论是我的家门，还是我的心门。

二、去学校路上的小巷

我坐在门口的小凳子上。

儿子牵着妻的手，在院子里学步。尽管还不能离开大人的牵引，但他已经兴奋不已，一边摇摇摆摆地走着鸭步，一边咯咯咯地傻笑。学习新的技能，对成年人，是一种负担，对小孩子，是一种愉悦。

母亲走出来，看了看天气，对我说："翔翔快放学了，去接他吧，带把伞。"

我奖励了儿子一个吻，带了点零钱，离开了家。也许翔翔要吃零食，或者买玩具。我想着。

穿过马路，我走到了小巷口。

二十几年前的每天早上，我背着书包，从这条小巷经过，到达学校。

小巷的路，开始的阶段是往上的，每五米左右就有三四级台阶。路面由青石板铺成，石板被日复一日的行人的脚磨得光滑而没有棱角。有的地方的石板已经被搬开或者丢失，暴露出下水道。上学路上，要爬过十几处的阶梯，然后经过一段长的没有阶梯的路，再从一个很高很长的阶梯下去，穿出小巷。放学则反之。

进小巷不远，有一个公共厕所。厕所的清洁工是我们班上一个同学的母亲。那时候有一部墨西哥电视剧，叫《坎坷》，电视台每年重播。那时候的电视台除了转播《新闻联播》，就是反复播放仅有的几部电视剧。剧中有个女人叫拉莫娜，一个心肠很坏的老女人。我们都觉得他的母亲长得像拉莫娜，尽管我们去过他家，他的母亲对我们热情之至。我们每次经过那里，就一起喊拉莫娜。他的母亲不会知道我们在喊她，也从来没有从那里走出来过，那位同学，后来却再不愿意和我们同路了。

小巷临着医药公司，青石板路的下水道里流淌着医药公司的药渣。整个小巷，终日都弥漫着浓烈的药味。

医药公司里有一位同学，是一个不太合群的孩子。性格比较古怪，成绩也不突出。现在想起来，是因为他好像老是说一些不讨大家喜欢的话，日常的表情也和别的孩子不太一样。大家不和他玩耍，并且经常作弄他。有一次，我在他的课桌上看到他刻下的字："谁也不用理我，我也不想理谁。"我是生活在孩子堆里的，不缺小伙伴。但是我觉得自己竟然好像对他有了莫名的好感，并且因此突然觉得很孤独。此后几天，一直兴致不高。他刻下的这句话以及我在看到时的场景，到现在还记忆犹新。

小巷的两边是斑驳的墙壁。上面刻了很多童言稚语。无非是"谁谁是猪头""谁谁是大坏蛋""谁喜欢谁""谁是大美女"之类的话。总之，能够光荣上壁的名字的所有者，必定是学校里最让某人讨厌的，或者最让某人心仪的对象。

在墙壁上刻字，不只是游戏和童真这么简单。对孩子来说，这是一种能够说出自己想说而不能说的而且略带神秘与刺激感的行为。

离学校不远，有一个荷塘，荷塘的旁边，是一片竹林，那里是一个学生刻字博物馆。竹子上刻有历年历届的孩子留下的文字。刻字的一般是高年级的学生，因为他们觉得自己已经长大了。六年级的时候，我们几个孩子，有男生，有女生，进到竹林里面，我们先看了看以前的孩子们留下的刻字，然后各自拿出小刀，开始创作。男生会刻一些自以为很酷的词语，或是从香港电视剧里学来的，或是从社会上的小混混口里听来的，比如"英雄不问出处"等，或者一个大大的"忍"字。女生喜欢刻她们认为浪漫而且美丽的词语或者短句。当然刻上自己的名字是所有人的最后一道工序。完成了作为高年级大孩子的"仪式"后，我们在竹林里玩耍，你追我，我躲你……荷塘的水汽蒸腾而上，竹林里云雾缭绕，混合着孩子们幼稚的气息。

我站在巷口，好像看到了放学回来的我，从这里走出小巷。爸爸，妈妈，姐姐，爷爷，老家的哥哥，在路口等我，牵着我的手，过马路，上坡，回家。

走过这条小巷，里面已经全部改成了水泥路面，再也没有被翻起来的青石板，也闻不到浓烈的药味了。枯井已经被封死，只留下一块水泥封口的痕迹。墙壁也不再斑驳，粉刷过。当然，上面还是有童言稚语，然而已明显与我们那时候的语言有了代沟。

还没有到放学的时间，巷子里安静得很。

是的，他们很快就要放学，然后从这里经过，在这个安静的巷子里掀起涟漪。其中，有我上三年级的侄儿翔翔。

三、马路边的七小

从小巷穿出去，是一条下坡的马路。

二十多年以前，这里是小镇上唯一让人有那么一些身在城市中的错觉的街区。马路是柏油路面，两边是分布密实的在当年已经算很不错的四五层的楼房。街道上也安静，车辆少，两边除了一些副食店和米粉店，并没有沿街叫卖的个体摊贩，闲杂人也少见。一些单位多是办公和住宿连为一体的，街道边的楼房用来办公，其背后是连栋的家属宿舍楼。两者之间就是单位大院。院子里必定会有依地形而修的花园及圆形的水池。花

111

园里多有芭蕉树、万年青、喇叭花及美人蕉，水池里必定会有几堆嶙峋的怪石头堆积成的假山；假山上，必定会有用白色马赛克瓷砖铺成的山路，假山间多由栈桥或者石孔桥相连；大小山峰上或者半山腰间，必定有一些亭台楼榭作为点缀；匠心独具处，甚至可以见到去西天取经的唐僧师徒四人。除花园和水池之外，院子里多有繁简不一的桌凳亭廊，有的院子的路径还颇为曲折，结构颇为复杂，意境颇为神秘，这些单位大院就是我们每日放学以后流连忘返的乐园。

二十多年来，这条马路两边的建筑，基本上没有拆建过。这些楼房的外观，作为小镇的脸面，倒是经过了多次的装修和翻新，保持了不算太差的状态。楼房的内部，终于空荡冷清不复早年荣光了。其后的院子里也已经杂草丛生，一片衰败景象，只有三两老人时而出没。年轻一代早就已经搬到新城区的商品房里去了。现在学校的孩子可能也少有机会和兴趣在放学以后到这样破败的院子里逗留了。

到学校的时候，刚过下午五点，学生还没有放学。

学校的内部被街道边两栋教师宿舍楼完全遮挡住了，只在其中一栋的楼底的中空部分留出来一个过道作为进出的通道。铁门口的周围已经守候了很多的家长，堵塞了门前的道路。年轻父母在门口两边几家小店的里外晃荡，老头儿、老太太们则倚着铁栏杆朝里面的操场和教室张望，有几个老年人甚至得到保安允许，进入铁门里面的过道上坐着休息。街道的两边停满了横七竖八的小车。来接孩子的父亲或者母亲坐在车里，一边喋喋不休地拿着手机和人通电话，一边目不转睛地盯着校门口的动静。

过去的教学楼是两层的老式青砖瓦楼，那时候的教学楼多是这样的风格。校门口也是一道独立的大门，校园的内景，一目了然。大门的外面也从来不会聚集这么多的家长。那个年代的家长都在为生计而忙碌，即使是爷爷、奶奶辈，也没有闲暇来接自己的孙儿、孙女回家。所以我们才有了在放学后到各单位的院子里美其名曰"写作业"其实是疯玩胡闹的童年记忆。

当时的校门口有一些小摊贩，将零食卖给下学的学生。我最怀念的零食是薄饼包豆芽、娃娃糕和锅盔夹凉粉。

常有一个老婆婆在学校门口卖薄饼包豆芽。薄饼就是用面粉摊成的很薄的白色的饼，比包北京烤鸭的荷叶饼还要薄而且软。里面包一点凉拌豆芽，简单得不得了。现在倒也是我们那里常见的小吃，家里来客，经常以此为正餐前的小吃，而且豆芽一般是要和粉丝一起凉拌的，加一些芥末，我们叫"冲"（我到现在也不知道这个字该怎么写，只知道是四川方言里的刺激性大的意思）。老婆婆的"冲"，香就香在那点调料，酱油、醋、红油、蒜水，加芥末。蒜水是南充小吃特别而且关键的调料，不是蒜泥，而是蒜泥和水混合成一体，名曰蒜水。老婆婆每天在学生下午放学时，放一挑担在校门口，开始忙碌。两分钱一个薄饼包豆芽，吃得我们满嘴是油，捏着鼻子大叫（芥末的刺激性太强了）。某日和一小学同学聊天，聊到当年校门口的零食，我们不约而同地说出了老婆婆的"冲"。老婆婆，您现在哪里？

娃娃糕在那个年代算比较高端大气上档次的奶油雪糕，一个要三毛钱（小学毕业的时候好像已经涨价到五毛钱了），因外形为一个戴帽子的娃娃而得名，娃娃的脸蛋是奶油雪糕的部分，娃娃的帽子和五官则是混合了咖啡而成的深色，像个小雪人。那时候只有三种冰糕，白冰糕、雪糕和咖啡糕，娃娃糕算是最高档的。夏天能吃一个娃娃糕，对我来说，并不是每天都可以享受的事情。现在的冰激凌种类何其多也，娃娃糕早已经不见了。有一次，我在网上看到有外省的"70"后在怀念小时候的零食，居然有娃娃糕的照片在列，一模一样，看来这东西当年可能是风靡全国的，不胜感慨。

锅盔夹凉粉是南充的特产。走过这么多地方，所见锅盔多矣，不仅外形各有千秋，所夹的东西也各有不同，比如成都的锅盔夹卤肉或者三丝，陕西的腊汁肉夹馍，河北的火烧夹驴肉，可谓花样繁多，但我至今没有见到别的地方有用锅盔来夹凉粉的。锅盔是中空而且有瓤的馍，锅盔的外面必定要酥脆成片状且不能太厚，太厚或者不脆，都不适于夹凉粉。里面的瓤以甜面酱为主调料，柔软且入味，可撕下来单吃。打得好的锅盔，不需要夹任何东西，本身就是很好的小吃，可以下酒。凉粉是豌豆凉粉，因为是用网勺一圈一圈转出来而成条状的，也叫"旋子凉粉"。南充有名的是川北凉粉。锅盔夹的凉粉没有川北凉粉那么圆、那么滑，要有一点粗实的质感。调料的关键照例是蒜水。在那个没有"麦当劳"和"肯德基"的年代，锅盔夹凉粉几乎是南充人从大人到孩子最解口馋的零食。父亲下班回家，有时候会带两个回来，一大一小，我吃得无限满足，母亲在厨房里一边做饭，一边唠叨："等会儿又不想吃饭！"

现在每次回老家，都要去吃一次锅盔夹凉粉，价格贵了，却觉得味道不如从前了。或者是在广东待得日久，习惯了清淡，竟然已经不能适应这吃了二十几年的小吃了。

学校两边的小店门口常坐着一位老太太或者老头儿，在独自守着店，或者照看身边的孙子。二十多年过去了，我还能依稀认出来，有的老太太或者老头儿正是当年学校里风华正茂的老师，他们的孩子和我一般大，有的就是我曾经的同学。在我的印象里，学校老师的孩子，顽劣不羁的多，当年是让他们伤透了脑筋的。

小店的门口，都挂着一面架子，上面挂满了玩具。变形金刚玩具，汽车、轮船、飞机模型等，我已经给翔翔买了不知道多少个变形金刚了，从幼儿园买到三年级。

在过去那个朴素的年代，没有这些玩具。所谓的玩具，都是自己做的，或者到处去找来的不花钱的玩意儿。比如"豆腐干儿"（自己用厚纸或报纸折叠成的豆腐状方块，放在地上，用手在其旁边拍打，拍翻了，则算赢，名曰"打豆腐干儿"）、"马赛克"（以前建筑的外壁喜欢贴的一种五颜六色的方形装饰材料，拇指大小，现已少见。玩马赛克，就是或放两颗在地上，用一颗去弹另一颗，弹准则赢；或放一颗在地上，拿一颗在手里，将手上的那颗扔出去打地上的那颗，打到了即算赢）、"玻璃弹珠"（跳棋子，在地上挖几个洞，把弹珠弹进一个一个的洞里）、"弹崩子"（树丫加胶圈制成，用来瞄准射击，用小石子做子弹，可打鸟）、"陀螺"（木头制成锥形体，用绳子鞭打，使其转动不停止）……后来玩的水枪就算是比较高档、需要花钱的玩具了。当时就玩了一个中午，导致教室受灾严重，班主任勃然大怒，下午上课就集体没收了，水枪在我的童年里，昙花一现。

我从校门口向操场上望去，操场的周围已经建满了教学楼。我记得以前操场的右边是一排仓库，堆了很多木料。

学前班的时候，有一次课间休息，我突然注意到了这个仓库，以及里面堆放得又粗又长的圆滚滚的木头。几根圆木长短不一，竟然围成了一个小小的空间，我发现这里面居然能容下好几个人，于是拉了几个同学，课不上了，就跑到那小小的空间里去。我们在外面找一些泥巴、石块、水、垃圾等，搬到里面去，在里面玩"过家家"。我们居然一直在里面待了好几个白天。我每天放学像没事一样地背着书包回家，第二天早上又背着书包跑到那里去……

我逃学的劣根是从幼儿园就养成的，上幼儿园时，我就和小伙伴逃课跑到幼儿园后面的山上去。从小学到高中，我向来是热爱学习的好学生，同时也是喜欢逃课的坏学生。

夏天的中午，我们总是早到，聚集在校门口，等待放行。每个孩子都拿着父母给自己准备的水瓶和饮料。有的是一瓶橘子水，有的就是一瓶白盐水。上课了，用一条很细很长的塑料管子，一头插进课桌下的水瓶里，另一头从课桌下面牵上来，放到嘴巴里，下巴贴在桌子上，用书挡着脸，一边吮吸水瓶里的饮料，一边看窗外。老师在上面讲数学题，火车过山洞，或者两车相遇……

那时候的老师还没有办补课班的习惯，如果前一天的作业完成得不好，或者最近表现不好，会把学生留下来，带到她家里去补习功课。那时候的家里也没有电话，如果很晚不回家，父母就知道一定是被老师留下了，到饭点了，就会去老师家里接孩子。晚上在家里做作业，遇到难题，也会拿着作业本去学校找老师解答。有一次，我从一本书上找到一个火车过山洞的应用题，解不出来，找住在附近的同学解，也解不出来，几个同学，顶着月光，一起跑到学校去找老师解答，老师也解答不出来！叫来她的老公，一副老知识分子的样子，戴个大黑眼镜，在灯下解到很晚终于解出来了，然后我们又顶着月光回家。

二十世纪八十年代仍然是物质生活清贫的时代，也是中国思想解放的年代。但是在我们这个偏远的小镇里，在我的回忆里，八十年代异常静谧而且富足，充满了梦幻色彩。对我来说，八十年代，是自行车载着的冰糕箱，穿连衣裙的阿姨，穿的确良衬衣的叔叔，各单位的大院，招待所的花园，乒乓球台，《少年文艺》，小溪流，赖宁，白网鞋，汽水，县委礼堂里的新疆舞……

放学了。

首先是几个戴着红领巾的高年级孩子走出来，家长们让开路，他们用两条长长的绳子拉出一条路，几个孩子站立路的两边，维持秩序。然后孩子们分年级依次出来，每个班级都有一名同学举着班级的牌子。家长们拥在绳子的两边，急切地等待着自己的孩子出现，然后从队伍里带走自己家或东张西望或和同学嬉笑打闹的孩子。

我看到翔翔出来了，正傍着一个高个儿的小胖子，小脸都笑成花儿了，我喊他的名字，他看到了我，跑过来，把书包扔给我，缠着我的腰，拖着我往家里走去。

四、白塔山

七小的后面，就是白塔山。

白塔山，位于嘉陵江畔的高坪区（也就是以前的南充县城）一边，山下就是嘉陵江大桥，通往对岸的顺庆区（也就是以前的南充市区）。

白塔山又叫鹤鸣山，传说古时候山上有仙鹤栖息鸣叫。想必古时候山上人迹罕至，植被茂密，云雾缭绕，有仙气。仙鹤已随故人去，此山空余一白塔。祖祖辈辈以来，南充人，就生在嘉陵江边，长在白塔下，只知有白塔，不知有仙鹤，故俗称其白塔山。

白塔位于白塔山山腰的坝子上，是一座方形锥体砖塔。塔基由条石砌成，四周有石栏，可环绕观塔。塔身用砖砌成，外壁涂白石灰，所以俗称白塔。塔柱和斗拱则涂了黄土色的涂料，形成条纹，把白色塔身的整体分割成部分。这是很有南充乡土气息的风格，南充的民居就是白灰墙面，黄土线间隔的。白塔共有十来层，越往上越低矮狭窄，每一层的四面都有窗口，窗口也越往上越小以至于不见。塔顶我则从来就没有仔细看过，只觉得那上面是有一个石座的大花盆的，里面容纳了一堆杂草。

据说白塔建于宋朝，至今有一千多年了。但是今天的可见的白塔是在二十世纪九十年代维修过的。维修以前的白塔，四壁斑驳，缝隙间杂草丛生，维修后倒是干净整洁了很多，却没有古意了。并且在各层塔檐的四角各挂了个铜铃，据说古已有之。古时候风吹铃鸣，鹤鸣山就成了人间仙境。现在的铜铃却从来没有听到响过。

第一层的铁门是关闭的。小时候从铁门前经过，都要探头朝里面看，里面的中间是塔柱，周围凌乱不堪，往上看，黑漆漆的，神秘莫测。在维修的那一年，大门开放过。我们趁人不注意偷偷进去了。我们看见了围绕柱子的旋转石梯。上面黑洞洞的，有点害怕。有胆大的带头顺着梯子往上爬。所谓的梯子，经过了千百年的风化，已经没有了轮廓，确切地说已经不能明确分出一级一级的阶梯了，只能凭感觉往上爬，一边爬，一边尖叫。每一层的楼梯部分都很黑，但是爬到每一层的平台上，有窗口，就亮了。我们站在窗口向外面张望，外面的视野是那么开阔，自己所处空间又如此狭小，有探险的刺激和成功的喜悦。爬到第五层，以上塔层就是中空的了。抬头往上看，看到一层一层的同心圆，向上越来越小以至于无穷。

我记得那时候有一部电视剧叫《燕子李三》，李三最后就是被困在一个古塔里，和外面的人周旋以至于被害。我又记得《西游记》里有一集，奔波儿灞和灞波儿奔两个鱼怪变成人，在佛塔里想谋害唐僧，以至于我一直觉得古塔是一个很神秘而且有很多故事的地方。

　　白塔周围的坝子自然形成一个公园。这公园现在颇具规模，修建了很多亭台水榭，安置了很多游乐设施。在过去，这里是没有什么好玩的，我只记得有玩气枪的。地上支起一张白色布帘，上面挂了很多排列整齐的各色气球。五米开外，用气枪去打对面的气球。还有一些卖零食的摊位，常见有卖棉花糖和"转糖人儿"的。棉花糖很简单，机器做出来的，一大团"棉花"，一大口咬上去，脸都埋在"棉花"里了。"棉花"里面的糖精味很重，甜得很。"转糖人儿"很有意思。说是糖人儿，其实是用糖做的各种动物或者小物件的模型，插在货架上。地上放一货箱，上置一平板，平板上置一转盘，圆周都是各种造型的彩色图案。指针随小孩子去转，或者转到一只鸟，或者一只猴子，就可以从货架子上取走相应的糖人儿，边走边吃了。简单的糖人儿是平面的，做工简单便宜。立体的糖人儿结构相当复杂，造型相当别致，细节相当考究，简直可以称得上艺术品。

　　这种手艺现在可能已经失传了。年轻人即使有兴趣学，也守不住长期的寂寞和清贫来从事这门营生。过去这样的手艺人很多。有挨家挨户打蛋卷的、打爆米花（南充人叫苞谷泡儿）的，手艺人扛着机器和行头，一个小区一个小区地找生意。每次遇到外面巷子里有这样的人安营扎寨，我就要缠着母亲去打一大袋。一大袋也有限，手艺人一走就不知道何时再遇到，所以吃起来觉得特别珍贵，也很珍惜。每天能吃两个蛋卷，吃几把爆米花，何其幸福！

　　记忆里的声音很多。比如弹棉花的棉花匠，背着一身行头，从外面的巷道走过，边走边喊："弹棉花，弹棉花……"声音沉闷而机械，却那么动听。午饭后，太阳照着空荡荡的巷道，就听到有人在街上喊："磨剪子哦……戗菜刀……"纯正的四川话，声音悠长而回荡。"磨剪子"三字，音调往上，其结尾必定要声调拖得很长，"戗菜刀"三字，则音调向下，落到最后的"刀"字上即收声，回味无穷。我慵懒地倚在门口犯困。母亲一边刷锅，一边招呼我去睡午觉。

以白塔为背景，在白塔前留影是每个南充人或者到过白塔的外地人的必然经历。所以那时候白塔的周围有好几个照相的摊点，每个摊点都支起个架子，上面放个箱子，箱子打开，斜放一面平板，上面贴满了照相师傅的得意之作，都是各色人等在白塔前的留影。站得笔挺的军人，打扮入时的妇女，稚气未脱的学生，一脸沧桑的老人，无一例外以白塔为背景。

那时候的公园里，杂草丛生，树林茂密。我们经常去采苍耳。

苍耳长得圆鼓鼓的，全身是刺，大如桃核，是植物里的小刺猬。因为可以入药，老师才带我们去公园采摘，勤工俭学。男生总是很热衷于去采苍耳，倒不关心最后勤工俭学的结果，而是又有搞恶作剧的机会了。一边采，一边互相往身上扔。特别喜欢往女同学头发上扔。这东西的刺很密而且锋利，扔到女生头发里很难扯出来，而且容易扎手。男孩子小时候就是这么惹人讨厌。

现在已经看不到苍耳了。

有魅力的地方其实在白塔对面的山坡上。

山上的景点概括之，一花园，一茶馆，一长廊而已。

那时候的花园也很凋敝，杂草丛生，没有可看的。只有花园尽头茶馆门口两侧的文竹让我记忆深刻。文竹和我家后面的大竹子同是竹子，却如此纤细而妖媚，以茶馆两侧仿古围墙的扇形小窗为背景，多美啊！

长廊依山而建，面朝嘉陵江。我小学毕业的班级聚会就是在这个长廊里的一处凉亭里举行的！站在长廊边，望出去，正对着嘉陵江大桥，延伸到对岸。嘉陵江在下面静静流淌。山坡上长满了零乱的树木和杂草，以前我们还尝试过从山下披荆斩棘，爬上山来。

现在的山坡上倒是树木被修剪整齐了，并且支起了好几只巨大的假仙鹤。"仙鹤"的周身拉着彩灯，山上的树木也挂满了绿色的灯。南充艺术家的想象力丰富得可以！一到晚上，整座鹤鸣山，迎着嘉陵江大桥的一面，泛着绿光，其间若干只巨型的"仙鹤"在忽闪忽闪的，振翅欲飞。每次回家，车从嘉陵江大桥上过，我从车窗里看对面的山上，不寒而栗。这山，晚上还有人敢上去吗？

白塔是南充标志性的存在，以至于白塔山下很多单位以白塔命名，比如白塔中学和白塔电影院。

白塔中学是高坪历史最悠久的中学，也是长期以来小镇上的最高学府。我觉得那里的老师都好有学问，那里的学生都很了不起。当然，真正印象深刻的是学校操场上每周六晚上的露天电影。姐姐在那里读书，一到周六晚上，就带我去学校看露天电影。我跟在她屁股后面，先去教室搬凳子（那时候还是长条凳，同桌两人共坐一条凳子），然后到操场上找一个好位置。看电影的学生很多。对于来自农村的寄宿学生，这基本上也是他们周末唯一的娱乐方式。电影开始前，大家或者叽叽喳喳，或者嗑瓜子。我就到处乱窜，去看热闹。等到操场前的大平台上拉下一面银幕，电影就开始了。我看不懂电影情节，不过记得都是八十年代拍的最新的华语影片，古装片如《闯王李自成》，现代片如有一部反映在广州打工的某青年如何成了天王巨星的喜剧。看露天电影的感觉是很特别的，人群密密麻麻的，操场上的窃窃私语声和仿佛从另一个世界传来的悠远空灵的电影里的声音交织在一起。

白塔电影院才是真正的电影院，是小镇上唯一的电影院，在当时也算非常豪华了。电影院里的银幕两边，一边写了一个大大的"笑"字，另一边写了一个大大的"悟"字。

那时候看电影的人很多。娱乐方式太少，电影票也便宜，两毛钱而已。小时候父亲常带我们去看电影，都是一些国产电影，我记得看过一部电影叫《美人之死》，电影里有一个镜头，电闪雷鸣的大屋子里，女主人公揭开面纱，露出被毁容的脸。吓得我整夜把头埋在被子里面。后来姐姐带我去看的电影，就多是香港枪战片了，周润发、刘德华是那个时代的偶像。再后来，电影院就逐渐萧条以至于倒闭了。白塔电影院渐渐失去了真正的意义，成了一个地名。

白塔山隔开了小镇和嘉陵江，也挡住了对岸的风景。小镇就在白塔山下，被白塔山呵护着、保佑着，静谧而与世隔绝。

虽早已经走出小镇，小镇如今也不再是小镇，但是我至今还认为自己是一个镇上人。

五、嘉陵江边

从白塔山的后门出去，走下石阶，穿过马路，就到了嘉陵江边。

现在的嘉陵江边修整得很好了，建成了休闲广场和成片的树林。

大清早，人少。几个老年人来到广场，从箱子里拿出录音机、盒带，开始连接设备。看样子是来跳广场舞的。我一个人沿着江边走着。一条毛茸茸的大狗从林荫小道里奔来，我开始不介意，后来发现它是奔我来的，并且距离越来越近。我不敢再往前走，站定了。它马上就要到我的面前，突然从林荫道里传来喊声："××，给我回来，又跑去吓人！"大狗没有继续向前，打了个转，又往林子里跑去。顺着它的路线，我看到一对青年男女躺在路边的长椅上。

以前的嘉陵江边是很破败的。除了废弃的工厂就是杂乱的田地。汽修厂和木料厂那已经成为废墟的厂房就掩映在农田和树林之间。有一年，嘉陵江涨洪水，我们都去江边看，洪水几乎淹没了嘉陵江大桥最中央的桥洞，就快要和桥面相平了。江边的厂房和农田几乎全部被淹没，几栋稍微高一点的楼房露出个房顶来，耗子在上面慌张地乱窜。

走远一点，能看到桑树林。夏天的中午，睡不着，我们跑到桑树林里去摘桑果。我们在里面边摘边吃，摘了一包带到学校。下午上课，我在桌子下面偷偷吃，被老师发现，叫到讲台上去罚站。老师让大家看我那被桑果染得乌红的嘴唇，大家笑，我脸红了，慌忙用手抹嘴，抹得满脸都是，成了花猫。大家狂笑，老师也笑了："你啊！赶紧下去吧！"

周末的时候，我们沿着江边晃荡。捡小而薄的光滑的马路石，打水漂儿。比赛谁打的水漂儿多，谁的石头漂得远。我们在河边大石头下的小水潭里找蝌蚪，专找一种个头很大的蝌蚪。以前很常见。这些蝌蚪不能变成青蛙，只会成为老蝌蚪。后来知道是因为缺碘的原因。

江边有一些废弃的机械船。每次遇到，我们必定不会错过，一定会上去。在上面参观一遍，然后这里坐一下，那里摸一下，站在操作室里，握着方向盘，感受大人们操控船只乘风破浪的感觉。

遇到风和日丽的晴天，也可以看到很壮观的场景。庞大的翻沙船靠在岸边，巨大的铁锚陷入岸边的土里。无数的船工和翻沙工在船上和岸边来回往返，装沙、卸沙。远远望去，就像在埃及大沙漠上修建金字塔的场面。

几个孩子，经常买一堆零食和饮料，装在一个大袋子里，提到江边去野餐。我发现我小时候还很能做成一些事情。现在觉得到江边搞一次野餐，对我来说好像是一个很难的项目，需要计划、采购和协调，最后以至于放弃，还不如在家里放空。

我们在江边避风的土堆后面围坐，一边豪放地吃喝，一边学着社会小混混说脏话、黑话。吃完之后，我们一起跪在土堆前，核对各自生辰，结拜兄弟。然后我们走到中坝的芦苇坡上，在里面点火，烧芦苇。看着火苗燃起，并蔓延开去，大家放肆地尖叫、狂跑。

对那时候的我来说，这些是可以和大人的开船翻沙相提并论的壮举，也是属于我自己的天大的秘密，是断然不能告诉父母的。

走到一处农田，就看到一条分支的小溪。溪水很干净，上有小桥。溪边有洗衣服的妇女和光屁股的孩童，两边是庄稼和农民的家。我在那里玩耍，在水里捉小鱼，在溪边捡好看的小石头。想到这个场景，我觉得像在梦里。我确实不能肯定这究竟是自己的亲身经历还是确实只在梦里见过。每次回老家后，我都往印象中的那个方向去寻觅，我总想着就算那里早就面目全非，也应该可以找到遗址，但是我一直没有找到。尽管如此，每次回去，我依然会往印象中的那个方向去寻觅。

沿着江边一直走下去，然后穿过农田和民居，就到了我一个远房伯伯的小乡村里的家。他是一个菜农，经常到城里卖菜。每次来，必定是大清早。先到我们家来送菜，然后再去菜市场卖菜，中午会来家里吃饭，饭后抽味道很重的叶子烟，下午提一些母亲收拾的小东西回去。我经常跟母亲一起去他家里做客。那样的日子总是风和日丽，我跟在母亲后面，母亲手上提个小包，我手上提一小袋零食。我们一前一后，一直走啊走。经过河边，母亲招呼我快走，别捡石头；走过小桥，母亲牵着我的手过河；穿过农田，母亲指着脚旁的郁郁葱葱的青菜教我辨认；经过民居，母亲和我躲着路上的鸡啊狗啊……我们终于到了伯伯家。那是一个农家院子，院子里种了很多瓜果和蔬菜。伯伯的两个儿子已经成家立业，各住一边房子，伯伯和伯母住中间，一大家子人，老少十几口，好不热闹。我和那里的小孩子们玩耍，一起做游戏。中午在院子里摆几张大桌子，远近亲戚和邻居都来吃饭。伯伯鹤发童颜，幸福地笑，饭后照例要抽他那味道很重的叶子烟。下午了，我又跟在母亲后面，一前一后，一直走啊走，经过农舍、农田、小桥、小河，回到家里。

谁能想到，不久以后，伯伯的两个儿子，两个顶梁柱，一个病故，一个因车祸死去。两个儿媳妇相继改嫁，两位老人相继去世。曾经人丁兴旺的农家小院，就落了这样一个结局。我再也没去过那里，只断断续续听到母亲聊起他们的遭遇，并且在心里留下嘉陵江边那个遥远小乡村里的永远的悲伤。

那对青年男女睡眼惺忪，可能是在那个长椅上过夜的。

我站在江边看对岸，堤坝整齐，高楼林立，古老的城市有了一些外滩的气象。嘉陵江女神的雕像也被从市中心请到了江边，真正成了嘉陵江的守护神。

这里就是我童年世界的边缘。从鹤鸣巷到嘉陵江边这一段不长的路程，我走了十五年。

2013 年 12 月 11 日

天津的风花雪月

一、冬天的风和雪

到了十一月份的下旬，天津的天气就一天比一天冷，白天也一天比一天短了。下午四点以后，天色就暗了下来，风呼呼地刮了起来。天津的风特别大，卫津南路两边的杉树叶不断地掉下来，直到枝干变得光秃秃的。在苍茫的天空下，一切都成了浅灰色，北方冬天的感觉就出来了。从学校出来，步行到天塔站，等回家的车。把衣领紧紧裹起来，遮住脸颊，抵挡寒风的侵袭。背后浅灰色的天塔像一个巨大的烟囱，孤零零地矗立在圆形的大水池里。

从天塔站一路往南，大约需要三十分钟的车程就到家了。迈进家门，立时就暖和了，家里有暖气。

在四川的童年记忆里，整个冬天都是沉浸在一种没有大风、偶有小雨的阴冷中，很少见到太阳。虽然气温几乎没有降到零摄氏度以下的时候，但是冬天的感觉并不比北方暖和。白天在室外活动还好，一到了晚上，阴冷沁透了室内的墙壁和空气，感觉比室外还要冷。每天晚饭后，母亲收拾停当，便找来一堆各种泡脚的材料（比如柚子皮和一些药材）扔进一个大木盆，然后全家围绕木盆坐着，自己试探着伸进脚去，一边泡脚一边聊天，其乐融融，泡得脚红通通的，全身暖洋洋的，一家人早早就钻进被窝，看电视。

北方的冬天是干冷，室外的温度虽然很低，但是并不湿润，还能看到冬日暖阳和像油画一样的蓝天。当然了，我在天津的那几年，雾霾严重，蓝天也少见。但是不管外面如何，到了室内，因为有暖气，总是一团春意。

对南方人来说，暖气是个新事物。刚通知通暖气的时候，我们总觉得怎么还没感觉呢，担心管道有问题，天天去物业管理处询问。后来终于渐渐感觉到屋子里暖和起来了，而且一旦形成了暖和的气氛，室内温度就会越来越高。任凭外面的风呼呼地吹，可以在室内穿一件单衣闲庭信步，好不自在！

"晚来风欲急，能饮一杯无？"这样的夜，适合涮一盘羊肉，喝两杯小酒。北方涮羊肉蘸料的灵魂是芝麻酱。四川的火锅都是以油碟为蘸料，出川以前，从来不知道芝麻酱为何物。直到上大学以后，一个人去武汉，第一次吃到热干面的时候，才知道有芝麻酱这种东西，当时只觉得味道颇有些奇怪，谈不上好感。武汉是九省通衢之地，融合了南北口味，所以产生了热干面这样的小吃。

到天津以后，冬天常常在家里涮羊肉，才渐渐吃出了芝麻酱的滋味来。涮羊肉的汤锅必须以清汤起锅，最多放几颗枣子、几个葱段、几片生姜。别看刚开始的汤里清澈见底，寡淡无味，涮的羊肉多了以后，汤变得越来越鲜香可口。蘸料以芝麻酱打底，加点腐乳、韭菜花、蒜泥、辣椒油等，搅拌均匀，涮熟的羊肉片在里面搅一圈，吃起来真是别有滋味，满口生香。吃腻了，来两瓣糖蒜；没吃饱，加一个烧饼。最后一口汤下肚，打个饱嗝！羊肉汤的热气蒸腾起来，弥漫在本来已经很暖和的小窝里，那一刻，竟然产生了人生何求、乐不思蜀的感觉！

这样的冬夜里，也适合读书和写作。我从三十岁开始，重新拾起文学青年的旧梦，在天津的那段时间，正是这场梦做得正酣的时候。当时热衷于到各论坛去发布我那些稚嫩的散文，并且不知天高地厚地点评大家的文章。也因此认识了一些文学界的朋友，并有幸加入了一个文学杂志的编辑团队，连续参与编辑并出版了十期杂志。最后的高潮是我们一起组织了上百位作者，完成了编写《九十年代回忆录》的壮举，虽然因为理念差异，闹得不欢而散，但是这本书总算是出版了，同时也为我的文学生涯画上了句号。那段"文学青年"的经历，也为我那几年枯燥的求学生活增添了一抹色彩。

十二月以后，天气越来越冷了，气温渐渐降低到了零摄氏度以下，北方的寒冬到了。我有鼻炎，对干冷的空气特别敏感，整个冬天都是吭哧吭哧的。到了晚上，外面的风更大了，窗框被摇晃得直响。路上看不到行人。突然有一天，早上起来，我们惊喜地看到，窗外雪花飞舞，世界已是银装素裹！雪已经下了一夜！走出门去，看到各处的树枝上、房檐下都挂着雪柱；车顶上、花园里，都铺满了雪。踩在雪地上，发出嘶嘶的声音，一步一个脚印。对我们这样的南方人，一切都是这么新鲜，一切都是这么令人欣喜。

二、杨楼

杨楼不是一栋楼，是一个地名，在天津的外环路边上。这里在过去应该是城乡接合部，现在算是城区，但是保留了很多过去的痕迹，比如还有一个盖得像美国白宫的村委会，以及很多小区就是村民的集资房。

穿过那些集资房小区，就到了我们住的地方，一个只有四栋楼的商业小区。四栋楼长得一模一样，白色，火柴盒形状，两两并排，中间有一个小花园。我们就住在其中一栋的十八层，是顶层。

我们的邻居是一位老太太和她的老伴。老太太长得特别慈眉善目，说起话来嘴角往上翘，还有一点俏皮的样子。也没有太多天津口音，一口标准的普通话，儿化音，特别好听。刚搬进去的时候，她就跟我说她喜欢住顶层，清静。其实这也是我选择这里的原因。我们都不喜欢打扰别人，也不喜欢被人打扰。住了两年多，确实清静，整栋楼，整个小区，我只认识他们一家人。我们之间的来往也仅仅停留在过道里的问候以及临别的时候，我送了他们一袋老家的卤鸭，他们回赠了我一袋天津大麻花。

对这个仅有四栋楼的小区，另外还能记起的人是一对母子。他们俩长相奇特，发型另类，穿着怪异，以一种和这个世界格格不入的外表和姿态经常出现在小区门口，临走的时候，我也不知道他们是做什么的，有怎样的故事。人群中遇到这样的人，大抵是有一定的概率，并且不可逃避的吧。他们的存在让我觉得自己所处的环境同时存在另一个不为我所了解的世界。

从小区出去，往左边走到路口，有一家包子店。北方的包子确实好吃，内容丰富，货真价实。我记得有一种素包子，是包的豆腐干和粉丝，很好吃。还有他们家的紫菜蛋花汤小馄饨，很好喝。馄饨这种东西，和南方的抄手很像，但是皮薄、肉嫩，适合早餐吃。加点紫菜、蛋花、虾米，很香。我搬到那

边的第一顿饭就是两个大包子加一碗紫菜蛋花虾米汤。包子店门口的路边经常有人卖烧烤。天津人特别喜欢撸串，不但买来吃，还在各自家门口架个炉子烤着吃，一到冬天，各小区都烟雾弥漫。当然了，这也是由于这边是城乡接合部的原因吧。有时候会看到韩国人在烧烤摊出没，天津的韩国人特别多，这一带也有不少韩国人居住。

往右边走，是一些早餐摊。我们常常在那边吃早餐。早餐的种类很多，豆浆、油条、豆腐脑儿、嘎巴菜、煎饼馃子等。

煎饼馃子是天津最有名的小吃。煎饼是绿豆面加鸡蛋摊的，形似荷叶，薄而且软，黄灿灿中透着绿油油。馃子者，油条也。煎饼卷馃子，再加上甜面酱、葱末、腐乳、辣椒酱等作料，从中间折起即可食用。他们吃煎饼馃子的劲头类似我们老家的人吃锅盔夹凉粉。劳动间歇，饿了，来一个煎饼馃子，瞬间就满足了。我不太喜欢吃这个，煎饼是软的，馃子也是软的，嚼起来感觉不得劲啊！还好煎饼也可以不卷馃子，而以"薄脆"代替，外软里脆，就爽口多了。另外还可以加肉松、火腿肠、虾米、生菜等，这样一改良，层次感和口感就丰富多了。不过天津人是瞧不起这种吃法的，他们觉得不正宗。

还有一种当地特色的早餐叫"嘎巴菜"，这也是我过去闻所未闻、见所未见的新鲜吃法。嘎巴菜是先将用绿豆面摊成的薄厚均匀的煎饼晾干后切成条，浸在卤汁中，再加上芝麻酱、腐乳汁、辣油、香菜末等作料制成。它看着黏糊糊的一团，貌不惊人，刚入口稍微有点咸，然后香味开始弥漫。我并没有觉得有多惊艳，也还可以接受。总之觉得有特色，并且比煎饼馃子吃起来简单，一碗嘎巴菜，呼噜呼噜就喝下去了。

可以看出，煎饼馃子和嘎巴菜都是以煎饼为基本食材，前者是用煎饼来卷油条或者薄脆，后者则将其切开后用来泡卤汁吃，这有点类似陕西的羊肉泡馍的吃法。南方的基本食材大米，也被做成米饼、米粉等不同的小吃。但是天津这两种小吃是绝对的天津特色，外地找不到的。

往小区的南面走，有一个空旷的广场。这个广场一年四季都在上演不同的故事。春天的时候，有外地的剧团在此驻扎，表演节目。有马戏团，搭着圆形的大棚子，还有旋转木马。秋天的时候，有外地人组团来卖玉器。他们应该是从同一个地方，甚至同一个村庄出来，到处流动摆摊的。每到一个地方，就摆相当长一段时间，他们就在摊位上吃住，带着床铺和做饭的工具。夏天的夜里，月光之下，广场上有人摆摊，卖烧烤，喝啤酒，这是广场最热闹的季节。冬天的时候，广场上就冷清了。但是经常有办丧事的吹拉弹唱的队伍从广场上走过，有时候他们还在广场上搭长棚子，在里面办白事，大吃大喝，大声喧哗。在家里的时光，我经常都能听到这种吹拉弹唱的声音从窗口飘进来，不知道是否因为那一带住的老年人太多了。

所以，这个广场其实是一个舞台，人生百态的舞台，而我呢，在这里暂时做了一个看客。终究是一个异乡人，陌生人，过客。

三、小河边的菜市场

从小区往北边走，过了马路，就到了一条小河边。说是一条河，其实就是一条小溪。河里的水，春天清澈灵动，鱼翔浅底；夏天水藻丛生，腐臭难忍；秋天死水一片，偶有微澜；冬天冰封冻结，更待来年。循环往复，周而复始。这个小小的自然生态圈，已经失去了自我调节的能力，只能依靠外在环境的造化。

从一座小桥走到河的对岸，有一个菜市场。这个菜市场从桥边向东一直蔓延，整整有一公里长。菜市场里，一年四季都很热闹，买菜的多是附近的居民，卖菜的却是来自四面八方的农民和菜贩。这是一条城市边缘的风景线，一幅天津城乡接合部的《清明上河图》，也是我们每个周末集中采购的目的地和生活的乐趣所在。

我特别喜欢在夏天逛河边的菜市场，因为有太多既好吃又便宜的水果可以选择，比如西瓜。盛夏的西瓜被瓜贩一卡车一卡车地拉来卖，有个头硕大的宁夏大西瓜，也有外表纤弱的南方黑美人，便宜的时候只要五毛钱一斤。不过我们最喜欢吃的是皮薄瓤甜的小西瓜，有红瓤或者黄瓤，用勺子挖着吃。还有桃子、李子、杏子、樱桃等，北方四季分明，这些水果都能在季节更替的时候及时上市，吃到最新鲜的。

当然了，我最喜欢的水果还是甜瓜。市场上的甜瓜种类很多，我尤其喜欢吃羊角脆和绿宝石。

羊角脆瓜形呈羊角状，淡绿色，瓜瓤呈橘黄色，口感香甜。羊角脆一年四季均可买到，但是夏季特别多，香甜，而且便宜。绿宝石则瓜圆饱满，绿如宝石，口感和羊角脆类似，如果熟透了，拿在手里就能闻到浓浓的果香。这两种瓜的瓜皮都很薄，入口香甜，瓜瓤附近糖分集中，简直甜软到腻人，瓜皮附近则酥脆爽口。这两样甜瓜是我们夏天前半阶段的主打水果。

我们四川老家没有这么多甜瓜品种，只有一种白色的普通甜瓜，也叫香瓜。母亲很喜欢吃，所以小时候吃得比较多。白香瓜果面洁白，果肉也为白色，成熟的白香瓜，果身会散发出一种淡淡的香甜气味，果肉比较糯软，瓜瓤较苦。最近我发现超市里也开始出现羊角脆和绿宝石了，但是卖相不佳，鲜有人问津。后来我们网购了一次羊角脆，还是当年的味道，但是却吃不出来当年的香甜了。看来一种水果，就得在某一个时间、某一个地方吃，才有感觉。时过境迁，就找不到感觉了。

其他季节的水果就逊色很多了。冬天的市场上卖得最多的是柿子，硬得很的那种柿子，我们买过一次，买回来放了很久都没有变软，之后再也没有买过。北方的水果普遍比南方的个儿大。

菜市场的蔬菜我已经印象不深了，只记得夏天卖得最多的是西红柿和黄瓜，北方人离不开这两样。冬天最多的就是大白菜和大葱。一车一车地被运来卖。卖菜就更体现北方特色了，卖菜的大汉站在路边，甩开膀子叫卖，声音此起彼伏。饿了，他们就吃个煎饼馃子或者鸡蛋灌饼。他们卖菜喜欢摆成一堆一堆地卖，一堆多少钱，都给你分好了。你如果说你就要一个西红柿，或者一根大葱，他们会露出很不屑一顾的表情。特别是冬天，大家买大葱都是一捆一捆地买，买白菜也是一口袋一口袋地买，然后用小车运回去，或者用自行车驮回去。我邻居家门口的楼道里就放着一整个冬天的大白菜和大葱。

沿着河边继续往东边走，有卖猪肉、羊肉、牛肉的，还有杀鱼的。这个区域，略带血腥，一直是我不太喜欢逛的部分。再往东边走，卖日用品和副食品的摊贩逐渐多起来。还有卖房子的、卖墓地的！各种商贩和各类买主在这个长达一公里的河边交流、交易。从早上到下午，熙熙攘攘，好一个大千世界。也难怪有的老年人，不能走路了，由家人或者保姆推着轮椅，就在市场上晃荡，也不买菜，就为了看看这大千世界吧。用我母亲的话来说，看"世香"！

走到了菜市场的后段，便来到了生活区。有一些烧烤摊和小吃摊。还有几家按摩店，灯光若隐若现的。一切尘世的存在都有其背后合理的理由。这里是菜市场各种商贩的乐土。商贩们忙碌了一天，疲惫不堪，同时腰包也鼓了起来，心思开始躁动起来。他们白天卖命地吆喝挣钱，傍晚用钱换酒喝，换肉吃。日复一日，周而复始。人生的烛光就这样燃烧和熄灭。

走到菜市场的尽头，就是马路。这条马路被一条铁路分割开了。满载货物的火车即将穿过马路铁轨的时候，需要有交通管制，鸣笛响起，两边的汽车立刻停下来等待；等火车完全通过以后，再次鸣笛，汽车恢复通行。这段路是我每天从家到学校之间往返的必经之地，也是我心里繁华的天津城和萧条的郊区的分界线。

四、春游天津

北方四季分明。三月以后，天气就一天天暖和起来了，河里的冰化了，路边的花开了，天津的春天来了。这时候的天津是最美的，气候宜人，晴空万里，春暖花开，适合游览天津城！

我第一次到天津是 1999 年。那是大一的暑假，我一个人去北京玩，顺道去天津看望大姨，他们家在静海。英姐带我逛了天津城。印象中去过滨江路，逛了劝业场，吃了狗不理包子。天津给我的印象是有很多小洋楼，五颜六色的。那一次来天津是带着一点伤感的。高考的志愿填报了这座城市的一所大学，却落榜了。看到这座自己本来心仪已久的城市，却只能当一个游客，心情低落。

第二次来天津是在 2010 年。那一年，我在北京做了半年短暂的北漂，其间从北京到天津去出差。当时到了天津火车站已经是晚上了。我们从火车站走出来，到了广场上，海河对面一片灯火辉煌，类似上海外滩万国建筑群的那种灯火辉煌。不同的是，上海外滩永远是人山人海的，而天津的海河边却非常安静，在夜色下，显得特别魅惑而神秘，更像是对过去时代的祭奠。

造化弄人，无论如何也没有想到，工作多年以后，竟然还会来到天津读书，还是选择了曾经报考的那所大学。也算是圆了多年前的天津求学梦。这一次来天津，终于有了充足的时间，可以好好打量下这座城市。

天津的风情若有三分，恐怕有两分都在异国建筑区，也就是当年的各国租界，分布在海河两岸的广阔区域。包括火车站、五大道、意式风情区、滨江路一带。

天津的火车站广场恐怕是我见过最漂亮、干净、有秩序的火车站广场了。这个广场和周遭风景成了天津最迷人的海河两岸风景带的一个中心。广场上可以看到一个齿轮大钟，代表了天津作为北方工业重镇的历史地位。广场外就是海河，一座漂亮的吊桥横跨海河，叫作解放桥，当年解放军就是从这座桥过河进入天津城的。

海河对面江边是一片意式建筑，当年是意大利租界。也就是我第二次来天津时看到的夜景所在。那边是老天津城的核心地带了，过去是成片的异国建筑，现在在其间修建了很多摩天大楼。刚开始觉得不协调，后来看得多了倒也别有风味，古典与现代的结合。夜色下，海河边，外国建筑和后面的摩天大楼交相辉映，还有横跨海河的天津眼，构成了一个迷人的摩登世界。

走进核心地带后，却冷清了起来。这些曾经辉煌一时的西洋大楼，现在有的做了政府办公楼和银行，另外一些比较小的洋楼用于居住，还有很多是闲置的。公交车从这些街巷穿行经过，感觉好像回到了一个凝固的时代。

同寝室从湖北来的朋友，还没上几天博士，就自己退学了。临别的时候，比较窘迫。那天晚上刚好是农历七月十五，我送他到了火车站，回来后，心情也比较低落，一个人从洋楼建筑区走过，看到很多人在路边拐角处烧纸。多年以后，听闻他过得挺好的，看到照片，人也发福了，人生际遇真是难料。

五大道是指以马场道、睦南道、大理道、常德道、重庆道等五条大道为主的一片街区，有二十世纪二三十年代建成的两千多栋风格各异的异国建筑，被称为万国建筑博物馆。现在应该算天津最热的旅游景点和网红打卡地了。五大道上有很多当年重要人物的旧居，包括军政要人曹锟、徐世昌、顾维钧等的公馆以及文化界名人严修、方先之、范权等的宅邸。这些建筑现在仍保存完好。

有两处给我印象最深。一处是庆王府，为清朝庆亲王载振的公馆。五大道名人旧居大都是民国名人，清朝遗老很少，庆王府算是独特的一处。我们看到的庆王府已经被开发成为对外营业的景区，要买门票。我没有进去，不过从门口也可以看出庆王府当年的豪华奢侈。主楼由二层楼的四合院构成，西式外檐，中式天井和细致装修。庭院东部有一个中式花园，有假山、石洞和六角凉亭等陈设。

另一处就是民园体育场。民园体育场算是五大道的中枢地带，在五大道游览的观光马车都是从这里出发的。还有一个，邮局可以给亲人朋友现场寄邮票或者明信片。现在这里成了网红打卡地，很多年轻父母带孩子在里面晒太阳、摆姿势照相、吃东西。

二十世纪初，清朝的遗老遗少和混战失势的军阀们，从北京的政治舞台中心退到此地，或隐退，或蛰伏，或蓄势，这里既可远离北京的政治风波，同时又可以近距离观察北京的政治动向，可进可退。

滨江路是天津的步行街。要说特点，就一个字，长。这是我走过的最长的步行街。滨江路上满大街都能看到十八街麻花总店，不禁让我困惑，到底哪家是真正的总店？还是大家都是总店？那几年正是刚流行自助餐的时候，滨江路上开了特别多价格实惠的自助餐店，成了我们改善生活的场所，基本上一一吃过。还记得滨江路上有个瓷房子，很有特色。就是在一座百年洋楼上镶嵌了无数瓷片，还有瓷瓶、瓷碗、瓷盘，以及水晶玛瑙石雕等，十足奇异，创意独特，值得一游。

除了租界风情以外，天津的三分风情，还有一分在明清古文化里。

城里面，我记得有个古文化街，还有个鼓楼，都是明清古文化旅游区，不过印象不深了，都是仿古街。郊区有个杨柳青古镇，印象比较深。

杨柳青古镇，地处津西，在古运河边，兴盛于运河漕运，得益于官贸皇差，历史上曾经辉煌过。是天津许多重大事件的策源地，文化底蕴丰厚。但是现在的古镇都是后来仿古修建而成的带有商业气息的街区。这个古镇，真正值得游览的是两个大宅院。

一个是号称"华北第一宅"的石家大院。石氏家族从清朝中叶到民国初期久居杨柳青，历时二百多年，在当地办工厂、买地产、开当铺，还有金融字号，聚敛了巨额财富，号称津西首富。他们结交官府、军政要员和洋人，手眼通天，显赫一时。这个大院也是典型北方大地主的深宅大院，里面由一个又一个的四合院嵌套而成。花园、长廊、门楼、宅舍，处处古朴典雅，精致奢华，展示了二十世纪天津商贾名流的生活和土豪式的霸气。里面有个很大的剧场，雕梁画栋，珍木桌椅。坐在里面，仿佛听到了当年的丝竹声声，锣鼓铿锵，虎啸鹤吟，余音绕梁。另外，里面有个四合院被用作了中华人民共和国反腐第一大案刘青山、张子善案的展示馆，大概是因为这里曾经是天津刚解放时市政府的办公所在。

还有一个安家大院，坐落在石家大院以北，规模就小多了，我已经不记得里面的情况了。但是宅院主人安文忠可非凡人，是杨柳青"赶大营"第一人。安文忠十六岁随军西行万里，支援清军左宗棠部远征新疆，挑着扁担为官兵提供日用品。在安文忠的带动下，杨柳青的货郎们形成了庞大的天津"赶大营"商帮，走出一条清朝的"丝绸之路"。

远一点的地方，之前有一个蓟县（今蓟州区），是安禄山起兵反唐的地方，"渔阳鼙鼓动地来，惊破霓裳羽衣曲"，说的就是这里。

蓟州区不大，也并不是太繁荣，倒也正好保存了一点北方的古朴之气。蓟州区有两个宝地：一个是独乐寺，一个是盘山。

独乐寺是中国罕见的辽朝寺院，独乐寺的山门和观音阁是货真价实的辽代建筑，距今已经有一千多年的历史，经历了多年的战乱和地震，保存至今。每当看到这些历尽沧桑、屹立不倒的历史建筑，就会感受到自己的渺小。我记得在寺里还有一处乾隆皇帝的行在和书法碑帖。在这样一个小城里却能看到如此珍宝的主要原因就是，清东陵在遵化，蓟县是清朝皇帝去遵化祭祖的必经之地，是中转休息站。

另一个宝地就是大名鼎鼎的盘山，这是一个自然山水与名胜古迹并存的旅游胜地。我们是当晚到了山脚下住下来，第二天早上登山的。我记不太清楚山上的名胜古迹了，只记得上山沿途颇陡峭，经过了一些壮观的寺庙和玲珑的宝塔。这座山的自然风光和人文景点确实是非常丰富的，但是有这么大的名气，恐怕也主要得益于乾隆皇帝的偏爱，他一生多次登临盘山，还发出了"早知有盘山，何必下江南"的感慨，为盘山打了最好的广告。山上还有乾隆皇帝的行宫。想必也是他去遵化祭祖归来的一处休假所在。

五、在天津大学

天津大学在七里台，和南开大学一墙之隔。

这条路很有意思，从北到南，依次是六里台、七里台、八里台。六里台处，有著名的海光寺。第二次鸦片战争的时候，清朝政府和英法联军代表在海光寺签订了《天津条约》，这是历史教科书上有记载的丧权辱国的大事。现在海光寺已经不存在了，只剩了一个地名。那里有个家乐福超市，是天津大学的学生经常购物的超市。而天津大学和南开大学的正门则分别位于七里台和八里台。

这是一所有百年历史的大学，但是校区已经没有百年前的遗址了。只有一口古钟在述说当年的历史。

多年前一往情深却没有考上的大学，却在多年以后机缘巧合地相遇。以至于我第一次站在这所学校大门口的时候，感觉像做梦一样。

宿舍的条件很一般，三个人一个寝室，洗衣和洗漱都要到公共区域。我去的时候，已经有个同学在里面，另一个还没来。这可能也是我人生最后一次住学生宿舍了。人到中年，成家立业，告别家人，离家千里，重新开始一段宿舍生活，又要开始在洗衣房里洗衣服，去食堂打饭，去澡堂洗澡。对于这样的生活，我倒没有不适应，相反，我觉得是一种奢侈。有的时候，我问自己，一个孩子的父亲，我此刻应该做什么？我有资格过这样的生活吗？

开学以后，了解到学业的不易、毕业的困难、现实的窘迫，压力陡增。但是我想到自己一年来的辛苦备战，从广州飞到天津来见导师的那个寒冷的冬夜，和一个从江苏来的同样大龄的考博的老师住在宾馆里备考的几个日夜；还想到自己已经辞掉待遇很好的工作，告别了广州，当下已经没有退路，只有往前。

天津大学的食堂有四个，经常去的是宿舍附近的三食堂和四食堂，南北口味都有，味道还可以。但是吃久了也腻了。有时候在从寝室到食堂的路边买点麻辣烫或者煎饼馃子当饭吃。有时候，我们几个舍友去西门外的四季村吃饭。那边有一条美食街，我们常去一家叫"巴适"的小馆子，听名字就是川菜风味。价格实惠，味道不错，很受学生喜欢。我发现对于这样清贫的学生生活，自己还挺享受的，除了那一直笼罩在头顶的沉沉的压力，时刻在提醒我和其他同学的不一样。

这样单纯的学校生活，其实只过了一个学期。因为她的到来，我们搬到了郊外的那个小区。

多年以后，重返教室，对上课生活也没有什么特别的感受，印象深刻的老师倒也有几位。一位是上政治课的老师，他明知道这些博士研究生对于政治课都不太热衷，听得心不在焉，但是依然在上面讲得气定神闲、不紧不慢，保持着他的节奏和风度。这种定力对我后来做老师的影响很大。还有一位管理学院的德高望重的老师，风度翩翩，气宇轩昂，课讲得非常好，真正的名师风采。可惜这位老师前些年已经去世了，年龄并不大。人生无常。

印象最深的还是教我们英语的外教，一个外国小伙子。可能还没有我大，但是我真心诚意叫他老师。他让我学到了两点。第一点是他的教学方法。每次课前，他都会布置一个主题，让学生提前准备资料或者PPT（演示文稿），课堂上把大家分成几组，每组是一个团队，分工协作，完成这个主题任务。然后进行组间展示或者竞赛，互相学习。最后他做总结点评，提炼知识点，达到学习目的。这种教学方式，来自外校的很多学生都不能适应，不过也让我看到了天津大学这样优秀的学校确实有很多优秀的学生，能够跟上这样的教学方式，如鱼得水。后来我才知道，这不就是现在提倡的翻转课堂吗?！第二点是他的较真，对大家学习态度的较真，对课堂纪律的较真。他曾经在课后把我叫到过道上谈话，因为我在别人做陈述的时候和身边的同学说话。说实话，我对他的批评是心悦诚服的。他的较真，本质上是对"人尊重人"的较真。

学校里面有四个湖，最大的是青年湖。冬天，湖面会结冰，有人在上面溜冰。春天，湖边柳树成荫，湖边树下有很多漂亮的大石头，在阳光的映照下，湖面波光粼粼，很漂亮。

校园最美丽的时候是春天。每年三月，是校园的海棠季，几百株海棠盛开，这些海棠的树龄都有几十年了，有的已超过七十年。我也是来到天津才知道了各种海棠的名字，西府海棠、梨花海棠、贴梗海棠、垂丝海棠、木瓜海棠等。每年的海棠季，一树树海棠花吸引众多师生和校外游人在树下合影留念，成了天津大学每年的一大盛事。

夏天的时候，阳光普照，感觉整个校园都是懒洋洋的，小猫小狗在树下刨个洞睡觉。到了秋天，校园里处处落叶，金黄一片，又是一个特别美丽的季节。直到树叶都掉光了，寒风也起来了，天气一天比一天凉了，冬天也就快到了。

　　记得冬天的夜里，寒风凛冽，校门口的小贩，戴着大帽子，守着烧烤摊，全身都在哆嗦，不停地原地小跑，等待着下课的学生。看到他们，我不觉眼泪就掉下来了……

冬夜忆吃

这一周，冷空气南下，广州寒风乍起，温度骤降，一天比一天冷。周末的晚上，从办公楼里走出来，夜色已浓，寒风刺脸，饥肠辘辘。一路逆风而行，一路在想，这个时候，有个驴肉火烧吃，有碗驴杂汤喝，是多幸福的事啊！

去年冬天，也就是这几天，在北京住了几个晚上。住在公司租的一套公寓里，小区里的旧式楼房，顶楼，一室一厅一个人。室内有暖气，晚上很暖和，但是过了十点，饿得很，睡不着，就跑出去找吃的。走出小区大门，钻进后面的巷子，零下十几摄氏度的冷空气被风挟裹着，打在身上，冷气能穿过层层屏障，透入骨髓。一路上，我小跑着，双腿仍在打战。我看到路口台阶上有一家驴肉火烧店，就推开门奔了进去。要了一个驴肉火烧，一碗驴杂汤。坐下来后，在室内的暖气中，才慢慢缓了过来。这是我第一次吃驴肉火烧，驴肉火烧就是火烧夹驴肉。火烧这东西，很像我们老家的锅盔，烤得外脆里嫩，不过是方形的，老家的锅盔都是圆形的，用来夹凉粉，而不是夹肉的。近年回家也发现了方锅盔。驴肉在南方也是少有人吃到的，相比牛羊肉，特别细嫩，容易嚼。驴肉里加了点青椒提

144

味。热脆的火烧配细嫩的驴肉，还真是一绝。驴杂汤，顾名思义。可想而知，这么个冬夜里，喝了一碗漂着几根香菜的驴杂汤后，真是暖到心里去了。回住处的路上，寒风依旧，但是仿佛已经有了无穷的力量，步伐也淡定起来。此后几天，我每天晚上十点后都会去那里喝一碗驴杂汤，吃一个火烧，以此撑过了那几个饥寒交迫的夜晚。不过吃驴肉火烧，火烧一定是要刚出炉的，驴肉一定是要刚放进去的。稍微凉了一点，放得久了一点，就有点起腻。这是后面几天吃了多次后感觉到的。

还有两个城市冬夜里驱寒暖身的小吃让我难忘。一个是昆明的。昆明号称四季如春，不过那是白天，阳光明媚，再大的风，也不觉得冷。到了晚上，太阳落山了，温度也会很低，高原上的冷风，刮在脸上，也是很厉害的。出了酒店，街对面路口有一家羊肉米粉店，米粉分粗米粉、细米粉。即使是他们的细米粉，也抵得上桂林米线，粗米粉相当于贵州的花溪牛肉粉吧。这米粉不以过桥米线的绵软为特点，反而有一点生硬的感觉，但是偏偏这生硬的口感却很好。羊肉汤也很香，加了一点孜然粉和花椒粉，非常简单的小吃。那个冬天，我一去昆明，就住在那个偏僻的酒店，就是为了能吃到那一家的羊肉米粉。现在还记得站在门口收费的脸上带着高原红的云南小妹，一边头都不抬地打单，一边操着浓重的云南地方口音问食客："粗米线还是细米线？"

另一个是福州的。福州靠海，冬天温度本不低，但是潮湿，所以感觉阴冷。晚上有风，更冷，于是我常出去吃碗海鲜锅边。锅边是福州的一种地方小吃，其实就是米浆在锅的周边烫干成糊，然后盛以海鲜汤而成。汤里多有虾、贝、蛤等海鲜少许。锅边本身呈糊状，很软滑，海鲜汤又略黏稠，所以一碗海鲜锅边，不用牙齿，咕噜咕噜就喝下去了，全身立时就暖和了。太简单的平民小吃了，这和北方冬天爱喝的疙瘩汤有异曲同工之妙。

在成都读书的时候，对冬天也是记忆最多的。成都天气潮湿，冬天里，穿在身上的秋裤和线袜经常都是湿润的，又冷又黏，很难受。寝室里更冷，学生贫寒，盖得也不多，晚上睡觉，老是睡不暖和。还好我们是学医的，同学们都能到医院里找来一个挂盐水的瓶子，自己装开水，放进被子里暖脚。即使这样，还是经常睡不着。我和一个室友经常在晚上十一点过后，去大学路上的一家玉林火锅店吃串串。串串是成都最有特色的平民火锅，自然也是学生的最爱。一根竹签一样菜，就是一串。吃客随便拿，吃完数签子结账。那时候荤素都是一毛钱一串，便宜得很。玉林串串的牛肉，种类很多，有麻辣的、五香的、原味的，味道都很好。两个男生，经常大把大把地拿牛肉串，往锅里扔。我们一般先在店外打一斤枸杞酒，度数不高，一块钱一两，带到店里去，边吃边喝。吃完了，要一碟泡萝卜，吃个蛋炒饭，然后心里和胃里都无限满足地晃晃悠悠地回寝室睡觉。

成都人要过冬至，过节的仪式就是喝羊肉汤。冬至那天，全城的餐厅都要加做羊肉汤，座无虚席。大冷的天，店外露天处，经常都要加位。我记得在江舟路一带是吃羊肉汤集中的地段，冬至之夜，那里水泄不通，人满为患。去晚了，要在寒风中排队等位不说，羊肉汤更是喝不到了，只能喝羊杂汤。如果你去得再晚点，所谓的羊杂汤，里面就全是最不值钱最没吃头的羊肺了。

成都人好像很喜欢创造集体过节仪式。比如外国的圣诞节本来跟他们没关系，他们却创造了一个全城敲棒棒的过节仪式。就是每人拿一根空心塑料棒，见人就互相敲。认识的、不认识的都可以敲，从头到腿都可以敲。平安夜里，天府广场到春熙路一带，人山人海，聚集在一起，互相发疯似的敲，有点巴西狂欢节的感觉。后来据说一些素质低下者混迹其中，导致安全事故，听说该活动已被取缔。这样的话，现在圣诞节的成都，可能就要冷清多了。

广州这地方冬天很短，一般十二月开始受内地冷空气影响而入冬。春节前后就告别冬天，接连几个艳阳天之后，就一日两季，直奔夏天了。但是广州的冬天多雨，潮湿。尽管温度比北方高得多，冷起来的感觉却不比北方好受。而且这几年气候越发不典型，一年冷过一年。我不知道广州有什么当地特色的供冬天驱寒的食物，也许狗肉火锅算是吧，冬天生意很好。

2011 年 12 月 11 日

清明回忆我的爷爷

昨天，母亲在电话里告诉我，清明前夕，他们和老家的叔伯、姑姑们去给爷爷上坟了。爷爷的坟在三伯乡下老家的不远处。每年的这个时候，三伯和三妈要忙一整天。我这个不孝的孙子，毕业以后，离家远游，游而无方，至今没有去爷爷坟前磕过一个头。

然而，我经常在梦里见到爷爷。我见到他满脸深曲的皱褶，一副淡然的表情。他一手提着一个帆布蓝手提袋，一手挂着一根暗红色木拐杖，稍弯着背，略低着头，蹒跚地走在路上。

爷爷生于 1915 年，正是民国初年，1949 年的时候，他已经三十五岁了。爷爷的身世，到现在我也知道得很少。我只知道太爷在当地是一位受人尊敬、名声很好的绅士，父辈们现在提到太爷，也是一脸的光彩。所以爷爷幼年的家庭环境，虽谈不上钟鼎之家，也能算一个书香之族吧。爷爷有两个兄弟，也就是我的二爷爷和三爷爷，都是当地的"精英"，一个是地方官员，一个是军统干部。爷爷算是比较平凡的一位，以教书为生。

平凡有平凡的好。1949 年以后，爷爷作为一个教书匠，没有受到革命和运动的影响，继续教书。但是却在五十年代因为犯了错误惹来牢狱之灾，从此一去新疆二十余年。对这件事情，父辈们从来就讳莫如深，我长大以后，略有所闻，但是也不敢妄言。总之，我的爷爷，一个平凡的教书匠，因为这个错误，他人生三分之一的时光，要在新疆经历苦难。

爷爷去新疆后，婆婆没有能力养育六个未成年的孩子，三伯被送给了乡下亲戚，其他的孩子，也都早早地走上了谋生道路。在那个年代，他们各奔东西，吃了很多苦，最后靠自己活过来了，走了各自不同的人生道路。后来都渐渐安定下来，走动多了起来，但是亲情却生疏了。这亲情的生疏和爷爷的劫难以及他们的人生遭遇当然有关，但是，不得不承认，和爷爷的性格以及遗传给他们的性格也是有关系的。我很小就体察到了父亲和他的兄弟姐妹们拥有着共同的消极的性格基因。

七十年代末，爷爷从新疆回到老家。离家时，正当壮年，婆婆还在，儿女尚幼；归来时，爷爷已经垂垂老矣，婆婆已去，儿女历尽沧桑，已过中年。

老家名叫龙门镇。我最近才知道我的老家正是"鲤鱼跳龙门"这个典故的出处。龙门是个古镇，早前是南充县城，后来县城搬到了离南充市更近的高坪，这里就衰落了。对爷爷在老家的生活，我只记得在我很小的时候，他在镇上开过租书摊。主要是租些小孩子看的连环画，老家的人都叫他郑老师。我那时候太小，不记得爷爷回来后还干过什么别的事情。从我清楚记事开始，他就是在茶馆里打麻将。我曾经多次领父命，去老家接他来家里玩，有那么几次，都是在茶馆里找到爷爷的。

爷爷每次来家里玩，都提着那个帆布蓝手提袋，里面是他的换洗衣物和眼镜。虽然经历岁月的打击，但旧知识分子的习惯还在。在家里，他和我父母交流得不多，也不怎么逗我们，他并不喜欢说话，甚至有些沉默。他好像不太习惯家庭生活的环境。有客人来的时候，他还有一些拘谨。但是有一次，我的印象很深刻，是我西充的叔公来家里做客。叔公和爷爷应该是陈年旧交了，爷爷很热情地招呼叔公，我唯一一次见到他在家里主动扮演主人的角色。多数时候，他都是自己看书看报纸，看一会儿就打瞌睡，醒来后继续看。爷爷的眼睛比父亲的还好，能帮父亲看书上的小字。

饭后，我陪他散步。我从小就喜欢陪老年人散步，我也不知道为什么，我愿意陪他们走很长的路。路上，爷爷话多起来，会给我讲故事。他是有旧学根底的教师，我还记得他很有文采地给我讲《封神演义》的故事。他也给我讲他小时候的事情，上学堂的时候，人家叫他"官娃"，我已忘记了是因为我的太爷是当官的，还是因为他小时候戴一顶小官帽。他给我讲的故事中我记忆最深刻的是他过去当老师时，有学生来问他什么叫"春寒料峭"，他当时也给学生解释不清楚意思，后来回去查书才搞清楚了来历。他说他当时很惭愧。"春寒料峭"这四个字，从此刻在我的心里。

爷爷很爱国，他一直惦记着台湾，他说他要争取看到台湾回到祖国的怀抱。他有时候也评价我幼稚的书法，关心我的学习成绩。我不怀疑我是爷爷最亲近的孙子，一则我是唯一一个愿意陪他长时间散步、愿意听他讲他的过去的孙子；二则我们这个所谓的书香门第，到了我这一代，有心思读书的，好像就只剩了我。他也会经常拿他不多的一点的积蓄，给我一些学习的奖励。他什么也不说，但是不等于他对我们没有期望。

现在想起来，我长大后喜欢旧的东西，受爷爷的影响很大。我陪他散步，听他讲过去的事情，似懂而非懂。对他，对他的过去的时代和故事，总是有很大的兴趣。我只遗憾自己当时太年幼，不能和爷爷有更多的交流，不然，我想爷爷是愿意告诉我他更多过去的事情的。或者我可以记录更多、更宝贵的爷爷的过去。他在家里也总是不习惯待太长时间，玩几天后，我会送他回去。在三岔路口送他上车，回到我的老家——龙门镇。

1997 年，大姑和姑父从深圳回到老家阆中休息。这年夏天，是我高中二年级的暑假。爷爷提出想去阆中看大姑——他的大女儿，而且意志很坚决。事先也没和大姑那边取得联系，就执意要去。最后还是我接受父命，陪他去了。那天很热，我们中午到了阆中，先去二表姐的学校，很费了一番周折才找到了二表姐的家门。我现在还记得二表姐开门时候的一脸惊诧和那一声"外公"！

在大姑那里的几天，爷爷精神很好，胃口也好。我以一个小孩子的视角发现，爷爷竟然也可以和大人有很多话说。每天饭后，他和大姑都要在沙发上聊一段时间。聊过去的人、过去的事情。我也听不太明白，但是我记得聊到热情处，爷爷也会情绪激动起来，说出一些我从来不曾听他在别人面前说过的真性情的话。有一次，我还看到他的眼角有泪痕。一生的坎坷和磨难，沧桑和辛酸，只有在他的大女儿面前，他得到了宣泄和释放，得到了理解和同情。

他确实很爱大姑，大姑也是他的骄傲。在大姑和二表姐的家里，爷爷表现得很谨慎，很讲礼数，临走时候，他提醒我要把照片带上，虽然拍得不好，但是不带走，就是对人家的不尊重。在大姑那里，我清楚地记得大姑对他说："你身体这么好，还长出了黑发，一定会长命百岁的。"

从阆中回来不久，就是香港回归的日子。我记得当时中央台连续三天直播节目，爷爷真的是每天早早地起来，一动不动地看电视直播。他说他还要看澳门回归。

谁也没有想到，那一年入冬，爷爷身体就不行了。年底，竟然就走到了生命的终点。

短短半年的时间里，爷爷先是执意要去看他的大女儿，然后是他看到香港回归，之后他就倒下了。这一切是怎么回事？难道冥冥之中，真有天定？

那一天，是周末吧，我正读高三。我从寄宿学校回来，到医院看爷爷。直到这时候，我都不知道爷爷的病情有多重，也不知道这一天意味着什么。我看到的爷爷已经不愿说话，表情淡漠。我来到爷爷面前，想给他喂稀饭，他不吃，也不看我。我不记得后来发生了什么事情，但是我终身不能忘记的是，临走的时候，我在门口回过头去看病床上的爷爷，我看到，他的眼睛大睁着，在病床的那一头，深邃地注视着我……

这就是我和爷爷在人世间的最后一面。从此以后，只在梦里相见。

2012 年 4 月 7 日

围庭先生其人其文

文如其人，用在围庭先生身上是再合适不过的。

看围庭散文，就是在品围庭其人。围庭先生的确是一瓶值得仔细用心品尝的老酒，口感醇厚，层次感丰富。他的身上有诸多矛盾之处，却又融合为一个和谐的整体。

围庭先生籍贯山东，自幼随父母到上海生活。几十年的时间过去了，他习惯了吴侬软语、南方越剧、江浙菜系、海派文化，成了一个地道的"老上海"。但是在他的血脉里始终有抹不去的北方人的基因。他好饮酒，吃羊肉，吃山东煎饼卷鸡蛋辣椒，他对内地的山河春秋有很深的情怀。

围庭先生是一位成功的职业经理人，或者高级管理者。生平多阅历，胸中有丘壑，他是个有格局的大男人。但是在他的骨子里，却一直住着一个文人。他自幼好看书、爱写作，有一个文学梦。但是自高中毕业后进厂工作，为稻粱谋，很长时间里他没有机会圆他的文学梦。千帆阅尽，万山看遍，临近退休了，才又提笔，这一切都是冥冥之中自有安排，刚刚好，不早也不晚。近年来，围庭先生一直笔耕不辍，卓有成果，已经出版了两本文集。

地域身份的角色模糊和职业身份的角色冲突，塑造了围庭先生的性情，决定了他的审美意趣，形成了他的散文风格。

长期的职业生涯和丰富的人生阅历，让围庭先生充满睿智，看透世事。芸芸众生那些雕虫小技的掩饰和做作，早已经不在他的眼界之内。他厌烦了职场生活的表演和世俗生活的伪装，这也是他的文人本性使然。围庭先生追求真诚，追求朴实，追求简单，追求返璞归真。总而言之，他追求一个"真"字。

他的追求"真"的性情取向，体现为两种标志性的行为方式：独处和独游。围庭先生绝不是一个孤僻的老头儿，他可以游刃有余于职场应酬和朋友往来。事实上，他颇好酒局，长袖善舞，前提是有面目可亲、语言有味的朋友。但是他很能享受"独"的感觉。"独"是他追求"真"的一种行为方式。他经常一个人走进路边摊或者小酒馆，独自品尝小吃，或独酌小饮，其间，他还颇喜欢饶有兴致地和餐厅的服务员、老板娘、厨师交流，兴致来了，他甚至会走进后厨，自告奋勇地亲自掌勺，和萍水相逢的对象分享炒菜的心得。他喜欢在雨中独行，在酒店静卧，喜欢一个人去造访名山大川和清冷古镇。在独处和独游中，他满怀对"真"的期待，投入周遭世界中，并且希望得到同样"真"的回应，他愿意帮助一个在小酒馆里认识的只有一面之缘的外地姑娘在上海求职，仅仅因为那位姑娘的"真"。但是他也不是总能遇到这样的"真"。陌生人际的防备与冷漠，有时候也让他怅然。

围庭先生对"真"的追求映射到文字上，就是对文字的极为忠实的态度。有的人对文字的忠实是无意识的，或者无奈的，而在他，却是一种有意识的追求。这种忠实的态度，有的时候甚至到了宗教般的虔诚，比如在凭吊古迹的时候，对历史地理的描述，以及对自己内心活动不伪饰、敢解剖的表露。正因为他对文字的忠实的态度，我看到了文字背后一个人生阅历丰富而真实的智者；一个"世路如今已惯，此心到处悠然"的行者；一个灿烂之后，归于平淡的长者。

围庭先生的散文大略分为三类：一类是对往事的回忆；一类是记上海的生活；一类是游记。写散文，最怕的是一种情况，即作者陷入无尽的自我回忆中，却不能引起读者的兴趣和共鸣。围庭先生的散文有很强烈的自我回忆感，但是为什么和他素昧平生的我对他的文字能够读进去，并且不忍释卷呢？恐怕有三个原因：一是文风冲淡平和，我所好也，所谓同性相吸；二是文中蕴含的人生阅历和智慧，我所欲也，带给我持久的思考；三是一个"真"字，我所敬也，为人为文，但求一个"真"字，夫复何求？

游记是围庭散文的精华部分，也是围庭先生的长项。围庭先生的游记主题多是一些名字比较生僻却自有一段人文风流的去处，并且一定有他与当地市井的接触以及和当地人物的互动，这是很能够引起读者的阅读兴趣，并且足以为游记作者所借鉴的。

散文也许并不能解决人类的当下课题，却可以给作者和属于他的读者提供终极关怀。我喜欢围庭先生的文字，我喜欢围庭先生其人。

2020 年 9 月 20 日

朝闻夕逝

她死后第七天，人们第一次进了她的居所，家徒
四壁，她躺在一张行军床上，身上盖着一条薄薄的毯
子，衣衫整齐，神态安详。人生的终点，一切归零。

——《收梢》

宋江解套

　　宋江上了梁山以后，架空了晁盖，把梁山的政治路线引向了招安归降。晁盖虽是个厚道人，也看在眼里，急在心里。于是要亲征曾头市，为挽回自己的声势一搏。结果出师不利，还中了毒箭。回到梁山后，已经命在旦夕。临死之前，留给梁山众兄弟一句话：谁能捉到史文恭，谁接他的班，当老大。可见晁盖对宋江的成见之深，临死前来这么一手，给宋江出了一个天大的难题。

　　宋江已经是梁山实质上的老大，现在名义老大死了，他本该天经地义地坐第一把交椅，可是晁天王来这么一手，让他如何是好？他要硬坐第一把交椅，晁盖阵营的人，不会服气。就算都敢怒不敢言，他宋江"孝义黑三郎"的江湖名声也要被毁。他要是真应晁盖之遗志，带头去打曾头市，为晁盖报仇的话，以他那点三脚猫功夫，还真不是活捉史文恭的料。到时候，史文恭要真被哪个不知深浅的小兄弟抓了，不能保证这家伙不会怎头怎脑地往第一把交椅上跳。就算是他宋江捉了史文恭，论理他这个老大是该坐得心安理得了，但是，这样一来，还有意思吗？本来就是实质上的老大，德高望重的，现在为了争名义上的老大，费尽心机地去拼命，太掉价了。把一个好端端的为兄弟报仇的义举，整成了为达私欲铤而走险之举，难免沦为江湖笑谈。最关键的问题是，这整个过程不可控，风险很大！

这是一个套，且看江湖上人称"孝义黑三郎"的"呼保义""及时雨"宋江如何解套。

第一步，在吴用带头劝进下，暂领第一把交椅，并誓言一旦有兄弟杀了史文恭，就让出第一把交椅。梁山不可一日无领袖，不然就没有主心骨了，对事业不利，多冠冕堂皇的理由！宋江因此就算是成功卡位了。过渡，先把位置占着，当仁不让。一个字，占。

第二步，暂不攻打曾头市，为晁天王守孝百日。好一个"孝义黑三郎"，真是守孝事大，报仇事小。不知道晁盖地下有灵，该哭该笑？不过宋江此举的目的是再明显不过了，此时去给晁盖报仇，那是傻子。谁出兵去打曾头市？最后谁能捉到史文恭？如果不是他宋江，他到时候到底让不让出第一把交椅？一切还未可定，怎么办？一个字，拖。

第三步，就是解套的实质举动了。晁盖设的这个套，如果要想从内部来解，实际上是个死套。宋江和吴用肯定是想到这一层了，也一时间想不出有什么办法能解套。所以他们要一占二拖，就为了待机求变。怎么变呢？就是引进外援。既然从内部无法解套，是个死套，那么就要引进外来因素。思路的逻辑必然性就是这样的。

这个外援要起到解套的作用，必须满足几个条件。

第一，他有本事捉史文恭。这个外援是来干什么的？就是来为晁盖报仇，活捉史文恭的。所以这人得有真本事，不能是个花架子。他把史文恭捉了，就等于排除了原来的梁山兄弟捉住史文恭的可能性，从而排除了他们争第一把交椅的可能性。这样一来，一个死套，就算解了一半。

第二，他没本事坐第一把交椅。按理说，按照晁盖的遗言，谁捉了史文恭，谁就当老大，也没说分什么内人外人。所以这个外援，只要能为晁盖报仇，就有资格当老大。但是，晁盖已死，这个新老大，能不能坐得住、坐得稳，关键还要看众兄弟服不服你。没人理你，当什么老大？最后难免还要落得个梁山第一代老大王伦的下场。而且这个外援的到来，会起到一个很微妙的作用，就是把梁山兄弟发生内斗风险的形势转变成全站在宋江一边，一致对外的态势。

第三，他没胆量坐第一把交椅。宋江找外援来为他解套，最终是要实现自己名正言顺当老大的目的。这外援有本事捉史文恭，兄弟们也确实都不服他当老大，但是还有一个问题——他得有自知之明，肚子里得有点弯曲。不能是李逵、鲁智深之武夫一流，直肠子，二愣二愣的，不懂政治，脑子根本没有分析形势的概念。真要被这样的人捉了史文恭，难保他不屁颠儿、屁颠儿地去坐第一把交椅。这么一整，这事儿就要黄了。不但要黄，还要捅篓子，出大问题。

如此这般，"玉麒麟"卢俊义最后成了合适人选。他满足这三个条件。

第一，他是有真本事的，武功不是盖的。"丈二钢枪无敌手，身骑快马腾云，人材武艺两超群！"后来他轻而易举生擒史文恭，以及在之后历次战役中，数次以一当众，擅长车轮战，用鲜活的事实证明绝不是宋江的三脚猫功夫可比。

第二，他没本事坐第一把交椅。道理很简单，他是外人，对梁山有何功德？论资历，他算老几？几个山头的老大能服他？他是大名府的首富，属于锦衣玉食的地主阶级，对大宋的忠心，那是没二话。梁山上，当时还是以穷苦工农阶级为主的，不像后来，鱼龙混杂，泥沙俱下。地主来给工农当头，那不是把胡汉三请回来了吗？最后，也是最关键的，他要当老大，宋江的一帮死党，岂能饶他？李逵、武松一帮人，要和他拼命的。

第三，他没胆量坐第一把交椅。卢俊义可不是李逵、鲁智深之流，他是个文武双全的帅才。他怎么能看不清楚形势，厚着脸皮就往第一把交椅上蹭？他还是要命的，识时务者为俊杰也。

外援人选圈定，接下来就是怎么拉他上山入伙了。对于宋江这伙人，只有想不到，没有办不到事。一骗二诱三断后路，老套路走一圈，"玉麒麟"就完成了华丽转身。事实也证明，"玉麒麟"卢俊义，不负众望，生擒史文恭，坚辞大头领，最后成全宋江成功上位，也保全了自己，坐了第二把交椅。

两个招安归降派，分别当了老大和老二，梁山好汉的宿命性结局也就从此注定了。

2011 年 9 月 11 日

贾府的第一功臣

　　焦大在《红楼梦》的后四十回里，居然还有一处正式出场，与第七回的大闹宁国府首尾呼应，我是最近看别人的博客才知道的，于是找出原处一读。

　　《红楼梦》第一百零五回：锦衣军查抄宁国府，焦大冒险冲出宁府到荣府去报信，碰见了贾政，忍不住号天踩地地哭道："我天天劝这些不长进的爷们，倒拿我当作冤家！爷还不知道焦大跟着太爷受的苦！今朝弄到这个田地……他们还要把我拴起来，我活了八九十岁，只有跟着太爷捆人的，那里倒叫人捆起来！我便说我是西府里，就跑出来。那些人不依，押到这里，不想这里也是这么着。我如今也不要命了，和那些人拼了罢！"说着撞头。

　　时穷节乃现，树倒猢狲散，贾家败落之际，焦大对贾府恨之切，爱之深，言语之真挚，行为之刚烈，这番表现，偌大的宁荣二府，哪有第二人？焦大是贾府的第一忠臣。

　　焦大的忠是有渊源的。他是宁国府的老奴。"从小儿跟着太爷出过三四回兵，从死人堆里把太爷背了出来，得了命；自己挨着饿，却偷了东西给主子吃；两日没得水，得了半碗水，给主子吃，他自己喝马溺。"这功劳，怎么样也算个开"国"元勋吧。真正的老资格、老功臣。可以说，没有他，确实就没有这些享福不长进的贾家子孙们。

可是，就是这么一位当年为老主子喝马尿的功臣，要和贾家共存亡的忠臣，却被他的小主子灌了马粪。这一段有名的焦大醉骂宁国府，是《红楼梦》的名段，在第七回尾。事由是那日夜晚宁国府管家赖二派焦大送秦钟回家。秦钟不过是贾府的一门穷亲戚，一个小毛孩，这样的活儿在贾府里属于没有油水的末等杂事。焦大是上过战场的，救过老爷命的，喝过马尿的，自然心里愤愤不平，恰逢又喝醉了，就有了他的著名三骂：

一骂赖二："有好差使派了别人；这样黑更半夜送人，就派我，没良心的忘八羔子！瞎充管家！"

二骂贾蓉："蓉哥儿，你别在焦大跟前使主子性儿。别说你这样儿的，就是你爹、你爷爷，也不敢和焦大挺腰子呢！不是焦大一个人，你们做官儿，享荣华，受富贵？你祖宗九死一生挣下这个家业，到如今不报我的恩，反和我充起主子来了。不和我说别的还可，再说别的，咱们白刀子进去，红刀子出来！"

三骂直接指向了贾珍："要往祠堂里哭太爷去，那里承望到如今生下这些畜生来！每日偷狗戏鸡，爬灰的爬灰，养小叔的养小叔子，我什么不知道？咱们'胳膊折了往袖子里藏'！"

这第三骂不得了！焦大被灌了一嘴马粪。之后直到一百零五回，再无出场，疑是果真被打发到庄子去了。

贾府的开"国"元勋，第一忠臣，在和平建设时期，就落得这么个下场，可怜。原因复杂，此处单从他自身找原因。尤氏在向王熙凤汇报焦大的来头时，说他："不过仗着这些功劳情分，有祖宗时，都另眼相待，如今谁肯难为他？他自己又老了，又不顾体面，一味的好酒，喝醉了无人不骂。我常说给管事的，以后不要派他差使，只当他是个死的就完了。"

总结焦大的醉骂和尤氏的描述，他的下场如此不堪，有三个原因。

第一，倚老卖老，摆不正自己位置。他立了再大的功劳，也是个奴才。小主子们看在祖宗分上，不怎么为难他，但是他自己为老不尊，自然久之就惹人嫌，被忽略了。

第二，不积极学习，不与时俱进。他打仗勇猛，对主忠诚，固然是开"国"有功，但是一个文盲，老大粗。在和平建设时期，内不能理财管家，外不能经营谋划，就等于成了废物。自己没用，小主子们看在祖宗分上，给他口饭吃，等于把他养起来了，也算是对功臣合理的待遇。至于赖二要欺负他，半夜三更不派别人，派他活儿，固然不厚道，有整他的嫌疑，但是他的命运如此，不赖赖二。

第三，言行放肆，不谨慎。不顾体面，一味好酒，喝醉就骂，不但骂了正得势的奴才，还骂了享福不长进的小主子们，更骂出了"爬灰的爬灰，养小叔的养小叔子"这样的话，暴露了贾家的惊天内幕。事已至此，焦大不守规矩，只是被堵了嘴，可能后来被打发到了庄子去，也算他当年为老主子喝马尿得来的造化！

焦大给我们这些俗人的教训就是两条：第一，要永远做有用的人；第二，要永远管好自己的嘴。

2011 年 6 月 11 日

因为专注，所以卓越

从成都双流机场大厅走出来，高速公路边，一面广告牌，迎面而来："因为专注，所以卓越。"

最近，这样的信息，突然接收了很多，也突然特别地在意。

《百家讲坛》有个讲师叫郦波，他提到一句话：把简单做到纯粹。他举到一个例子。显微镜的发明者和微生物学的奠基人虎克，当了一辈子的仓库管理员，从来没有被人看起过，却没人知道，他一辈子，磨了无数块镜片，做了无数次试验，直到他最终发明了显微镜，开创了微生物学。他把简单做到了纯粹。

中兴名臣曾国藩，年轻的时候，贪图享受，游乐无度，举止轻浮，他夜夜自责，骂自己是混蛋东西，但是白天照旧不能控制自己，行为依旧。他想尽办法，求遍名师，屡试无效，最后从一人处得了一个"静"字，万般修炼，从求"静"入手，从此一生，在这个"静"字上下功夫，纨绔公子，居然最后把自己修炼成了一代圣人。

一个作家，回忆大学生活，他说到，他大学看了那么多的书，参加了那么多的社团，但是唯一让他至今获益匪浅的，是当年他的系主任，逼他们在一学期内硬背五百篇古文。至今，只有这五百篇古文，真正转化成了他作为一个作家，属于他自己的底蕴。

人近中年，突然无意识地特别在意这样的信息，可能正是潜意识里焦虑和恐惧的反映吧。

自己自然天赋平凡，注定平庸，但是即使作为一个平庸的人，为谋生计，为让自己一生过得还不算太无意义，现在还没有做到。所爱、所好、所看、所闻、所做、所为，哪一样做到了专注？更遑论纯粹。

看一本书，信一句话，做一件事，爱一个人，守一世恒。听起来如此简单，却是要作为一辈子的修炼目标，现在，才刚刚开始。

2011 年 5 月 6 日

人生是一场修行

　　打开电视机，几乎每个电视台都有现场秀节目，最多的就是求职类和征婚类节目。假期在家休息，和家人一起看一看，一笑之余，倒也有一些感悟。

　　某求职节目，曾经来过一位求职者，刚毕业的大学生，书生气质，举手投足间还有一些迂腐，还没有走出象牙塔。言谈间可以看出来，他觉得自己一身才华，待价而沽，应该有人欣赏他看重他，或者他心里还在想象着能遇到像三顾茅庐的刘皇叔那样的伯乐。他的勇气可嘉，主动报名来参加这样一个电视求职节目，面对现场的老板，面对千千万万电视观众，这里面一定有他的亲人和同学。但是另一方面，他又如现在绝大多数大学毕业生一样，没有丰富的生活阅历和实际的工作经历，内心很脆弱，害怕被打击，受伤害，所以摆出一副"达则兼济天下，穷则独善其身"的架势。内心脆弱的人，一般呈现两种自我保护行为特征。一种是让自己保持端着的姿势，任你怎么说，我保持沉默、淡定，显得高深莫测。另一种是做出一副无所谓的姿态。随便你怎么说，我无所谓，我跟你嬉皮笑脸。这位求职者属于前者，让自己端着。但是在那些阅人无数的老板们的眼里，他就是一个乳臭未干还自以为是的黄毛小子，没有半点真本事，还不知天高地厚，这样的年轻人是最难教、最难带的。因此他得到老板们恶语如潮的评价和迅速干脆的灭灯，很快就以求职失败离开了舞台。说实话，我当时看到他走的样子，心里很难过，堵得慌的感觉。我能理解他，大学里很多学生其实都是这样的，自己当年也是。既自负，又自卑；自以为有才，又什么也干不了；外表坚强，内心脆弱；很想证明自己，又害怕受打击。

但是这位大学毕业生并不能说可悲，因为他的人生道路才刚刚开始，他的资本是青春。这件事情对他来说可能是一件好事，甚至会成为他人生的一个里程碑。促使他反省，应该以什么样的心态和姿态从象牙塔走向社会，在真实的生活和工作阅历中，认识自己和社会，成为一个真正内心强大的人。

真正可悲的是另一个人，某征婚节目里的一位男嘉宾，四十岁，人到中年。他一出场，就做焦虑急躁、愤世嫉俗状，说话语速快而不稳，站立姿势摇而不定，显示出他内心的高度紧张和焦虑，和他的年龄应有的气场很不符合。说到过往经历，国内硕士毕业，国外博士毕业，现在国内高科技公司任顾问。听起来履历很完美，但是呈现出来的，却是一个失败的中年男人形象。他一上来就强调自己品质好，比百分之九十的人好。依据是什么呢？共三条：第一条是在学校读书时，考试前，他冒着降低自己分数的风险，去辅导别人，回答别人的问题；第二条是曾经有女生向他示好，被他拒绝了；第三条我不记得了。一个四十岁的男人，当众标榜自己品质好，而且为了证明自己品质好，举出来的证据就是这样的事情。后来，当有女嘉宾表示这样的事情不值得作为资本时，他开始和对方发生激烈的争辩。他还提到自己文化修养高，看遍世界名著，听遍世界名曲，还有专业的文艺鉴赏评论水平。于是现场有主持人和女嘉宾就对他的文学修养和鉴赏水平做测试，他却表现出并不广泛的文学知识面，以及非常幼稚的文学鉴赏水平。面对大家的质疑，他又和大家争论得面红耳赤，最后结果就可想而知了。这是怎样的一个人呢？我想他应该是一个读了半辈子书，到四十岁，不但一事无成，甚至除了读书，都没有什么值得一提的真实的人生阅历的人。但是他想证明自己，越是这样的人越想要证明自己，越需要证明自己。他拿出来证明自己的资本就是读书时所谓的好品质以及读过多少世界名著，听过多少世界名曲。他脆弱的自信靠这些来维持。当有人质疑他，要揭下他的面具时，他于是焦虑，狂躁，不可接受。他离开以后，主持人问现场嘉宾有什么想说的，一向善谈、喜欢表现的嘉宾当时竟然不知道该说什么了，眼眶红润，停顿良久，说了一句："我很难过。"现场嘉宾和这位男嘉宾是同龄人，草根出生，经历坎坷，应该是能理解他的。

　　人生是一场修行，这位男嘉宾，或者也许可能已经是一位修行的失败者。当然，也未可知。他也不过四十岁而已，还在路上。

2012 年 5 月 27 日

收 梢

　　端午节，阴雨天。有一点闷。

　　端午节是为纪念屈原投江自沉而来的。屈原一直忠事楚怀王，但是性格清高孤直，不能和光同尘，所以屡遭排挤而不得志。楚怀王被秦国扣留后，顷襄王即位，听信谗言，屈原被流放二十余年。秦国灭楚后，屈原投汨罗江而死。屈原能够忍受被流放二十余年的磨难，却在国破后负石沉江，说明他不是为自己肉身的命运而求死，他是因为一生政治理想和精神依托的破灭而求死。

　　王国维也是一位文人，但是和政治无关。他于1927年北伐军和北洋军阀混战之际，在颐和园昆明湖自沉而死。有人说他是为殉清，他固然是清朝遗老，但是和政治并无太多牵扯。在清亡后一直潜心学问，心无旁骛。他为什么要在清帝退位十五年后殉清？他是在殉文化，凡是一种旧文化消逝，总有为此旧文化殉难的人。明末清初如此，清末民初也是如此。他成长于那个时代，成就于那个时代，沉溺于那个时代，他无法接受那个时代文化的式微和新时代文化的潮流。所以他是为他的时代的文化的没落而求死。

170

　　电影《霸王别姬》里的程蝶衣，是活在京戏世界里的戏疯子，是京戏里风华绝代的虞姬。对京戏，他要从一而终；对楚霸王，他要从一而终；对京戏世界里那个"我"，他要从一而终。经历了半生的坎坷磨难，京戏，已经不是他心里的京戏，京戏完了；霸王，也不是他心里的真霸王，是假霸王。他自己呢？他还没有走出来。"文化大革命"结束以后，一切好像恢复了平静。过去怪谁呢？都是四人帮闹的。真的怪四人帮吗？程蝶衣把自己的生命了结在《霸王别姬》这出京戏的结局，半世的沧桑和执着，什么都是假的。但是他自己还没有走出来。直到一切归于平静之后，再次唱这出戏的时候，他走出来了，他本是男儿郎，他不是女儿身。他走出来了，他也就真正彻底地绝望了。随着一声"大王，快将宝剑赐予妾身……"他拔剑自刎。此时，《当爱已成往事》的音乐响起，电影戛然而止。虞姬终有一死。从这个层面讲，程蝶衣做到了从一而终，《霸王别姬》这出戏的结束，也是他人生的结束。两者合而为一。人生如戏，戏如人生。他的幻我在破灭中成了真实，他的理想在灭亡中成了永恒。所以，程蝶衣的死和屈原、王国维不一样，他的死算得上是一个美丽的收梢。

　　虞姬终有一死，因为她要从一而终。但是张爱玲在她早年的小说《霸王别姬》里有一个更复杂的解释。在虞姬的心里，项羽以后如果得了天下，自己不过是他众多女人中的一个，一只宫廷里的囚鸟而已，年老色衰以后，也难免被冷落，孤独终老。但是在这个时候，在项羽四面楚歌、穷途末路的时候，这个她心爱的男人完全是她的，在这个时候，她真正拥有爱情。为了让这一刻成为永恒，她拔剑自刎，倒在项羽的怀里。她在项羽的耳边，对他说了最后一句话：我比较喜欢那样的收梢。

　　张爱玲自己的人生的收梢，没有绝望求死，也没有戛然而止，但是更加与众不同。

　　她在生命最后的十几年，在美国深居简出，没有人能找到她，她的地址连家人和朋友都不知道。很多人在寻找她，有记者甚至住到她家隔壁，但是毫无头绪，只好翻检她的垃圾箱方才寻到她的蛛丝马迹，但她立刻又溜走了。这是唯一一次世人逮到她。以她的名气和成就，她不缺钱，但是她频繁地搬家。她根本没有自己的旧家具，拖着一大堆纸袋不断地搬迁，把自己过去作品的手稿都弄丢了。她死后第七天，人们第一次进了她的居所，家徒四壁，她躺在一张行军床上，身上盖着一条薄薄的毯子，衣衫整齐，神态安详。人生的终点，一切归零。

2012 年 6 月 24 日

《向度·品城》引文集

2014 年到 2015 年间，曾经作为《向度》杂志《品城》栏目的编辑，组织制作了八期《品城》栏目，并为每一期栏目写引文。

一、昆明

一座城市，是一个鲜活的生命体，有五官，有气质，有性格，有思想。她不断地在吐故纳新，总是处于过去与现在的交汇中。

不同的人，不管是这座城市的定居者，还是漂泊者、旅行者，他们以各自独特的视角与情感，来打量和诠释这座城市的过去与现在。

昆明是一座春城，"天气常如二三月，花枝不断四时春"。她又是一座边疆之城，高原之城，花卉之城，旅游之城，一座历史悠久的古城，一座日新月异的新城。

一个在昆明生活工作了十年的摄影爱好者，一个常年在路上的中年男人，一个行走于云南各地的乡土作家，他们各自的人生历程中，都与这座城市发生了或长或短的亲密接触，并利用各自手中的相机和笔记录下他们眼中的昆明城。

此为《品城》栏目第一期，品读昆明。

2014 年 9 月

二、济南

一个北方女人，于北方的轮廓之下，如果带了几分南方的温婉和灵秀，就会呈现出不一样的魅力，引人注目，甚至倾心。

城市也是如此。

济南，一座南邻泰山，北跨黄河的北方城市，四季照例分明，文化自然深厚，却因为她的"四面荷花三面柳，一城山色半城湖"，成了北方的江南。

这样一处北方的江南，在《水生济南》里，是"家家泉水，户户垂柳"，是济南大妮脚下的青石板路，是大明湖畔的相声和盖碗茶；在《印象济南》里，是童年时期的"泉城香烟"和"趵突泉啤酒"，是青年时期的一次疗伤的温柔乡，是从青藏高原上到来的文友的"醉氧"之旅；在《济南微末》里，是操着"杠赛咧"，吃着"油旋"的济南人，他们看花灯、逛庙会，却也在英雄山下演绎着魏晋风流。

走进济南，在大明湖畔，沏一壶大碗茶，听他们讲济南故事。

2014 年 11 月

174

三、广州

　　广州，远离中原大地，独处华南一隅。三千年来，因与内地的地理的隔阂，气候的殊异，形成了独特的粤语文化体系。三百年以来，作为西方从海上进入中国的入口，中西方的文化在这里碰撞、融合，生发出新的文化枝蔓。三十年以来，她是中国改革开放的前沿，南方的商业中心，以其极大的包容性，吸引了众多的内地各省份的打工者，甚至肤色各异的外国人，以漂泊者的姿态，在广州淘金。

　　这些漂泊者，或离群索居，或逐群聚居，他们与这座城市的主流文化多有隔阂，不能融入，白日里，为生计而奔波，风雨无阻；日落后，走过城市的灯火，没有一盏属于自己。

　　广州成了一座以漂泊感著名的城市。

　　若恰逢过年，都市的摩登与喧嚣日渐退去，漂泊者的眼里，尚可以看到老广州的传统特质和新广州的细枝末节。然而在平时，漂泊者的广州，却在那些密密麻麻、潮潮湿湿、弯弯曲曲的城中村里。他们一路迁徙于不同的城中村，肉身或许终于得到暂时的安顿，那颗充满了豪情与无奈，自由并且孤独的心，却永远无处安放。

2015 年 1 月

四、北京

　　北京，这座全中国最大气的都市，处处是恢宏的镜头，凝固的史诗。长城与故宫，千百年地矗立在那里，如无意外，还将千百年地矗立下去。

然而，老北京人厌倦了这些宏大的叙事。他们看惯了城头变幻大王旗，你方唱罢我登场的一出出大戏，转而寄情于养虫票戏坐茶馆，甚至和粉坊的下脚料较上了劲。不仅是吃喝玩乐，老北京的况味，更在广阔的时空里点染。如《四季北京》里冬天的糖葫芦与果脯，春天的鹅黄的柳叶儿，夏天的蝉鸣和蝈噪，以及那无尽的秋意。

从何年何月何日起，风沙来了，雾霾也来了；四合院少了，胡同也消失了；老北京人不见了。又是从何年何月何日起，全中国最先锋的建筑立起来了，最尖端的科技引进来了，最优秀的人才奔涌来了。

还有那些浩瀚的"北漂"。他们在挣扎中相互拥抱，追逐着各自奄奄一息的梦。当虚妄逐渐消退，浮华慢慢下沉，他们中的一些人，开始打点行装。

2015 年 3 月

五、西安

博物馆是一个奇妙的地方，这奇妙在于一种印证感。置身其内，眼前某一件历史文物，恰好印证了脑海的某一幅历史图片；漫步其中，把一件一件文物的珍珠穿起来，连成一条一条历史的项链，这些项链又印证了历史书本上一个又一个的历史事件。

整个西安城就是一个博物馆。

在这个恢宏的博物馆里，随处可见秦砖汉瓦，更不消说兵马俑、大明宫、大雁塔、钟鼓楼……它们印证了秦皇帝国、汉唐盛世在这片黄土地上铸就的历史传奇。当然，西安的历史远不止此，它是十三朝古都，三千年古城。一部西安的城市变迁史，就是一部中华民族的大历史。

这个博物馆里，也有世俗生活的展示，比如回民街，巷道深处的古老，散落在西安各个角落的小吃，以及聚集在道北里居住的河南人，这些何尝不是历史？它们是来自民间的活化石。

曾几何时，演绎过汉唐雄风的西安成了一个没落的贵族，人称"废都"。尽管如此，古城墙上的秦腔依然高亢，西北汉子的狼性不愿意仅仅挥洒在足球场的看台上，如今他们好像终于要意气风发地振作起来了。千年古都，国际化大都市，何去何从？

2015 年 5 月

六、成都

"九天开出一成都，万户千门入画图。"

成都平原沃野千里，气候宜人，物产丰富，人称"天府之国"。历代文人墨客的游访和流寓，在这里留下了无数的踪迹和典故。得老天的厚爱，受文人的眷顾，成都最终与"休闲"二字联系在了一起，成了中国的休闲之都。

既为休闲之都，就要在吃喝玩乐上见功力了。

作为川菜的代表地，成都的吃自然离不开麻辣。川菜之辣，辣在豆瓣酱，"川菜之魂"——郫县豆瓣，就产自成都。中国的菜系里，流传最广的大抵要算川菜和粤菜。吃在成都，是长于调料和口味的不断创新，而吃在广州，却胜在食材和搭配的极大丰富。吃的背后，体现的是川粤两地的风俗人文和气质禀赋的差异。

玩乐在四川话里叫"耍"，成都的耍法很多，且人文积淀丰富。可以看灯会、看花会、赛歌会、赛龙舟，享受普罗大众的欢愉；也可以去宽窄巷子喝茶，去锦里听川戏，体验名士风流；文人雅士们，更可以去寻访杜甫草堂、浣花溪、薛涛井、卓文君……

今天的成都人，和其他城市的人一样，要升学，要就业，要买房，为了生存而奔波，为了发展而竞争。即使如此，竟也不妨碍他们"吃点麻辣烫，打点小麻将，喝点盖碗茶，看点歪录像"。

休闲，已经成为一种哲学，深入成都人的血脉中。

2015 年 7 月

七、上海

"十里华灯一望收，高楼五彩映江流"，这是上海外滩的真实写照。黄浦江的一边是十九世纪的万国建筑，异国风情；另一边是二十一世纪的摩天大楼，未来世界。上海无疑是中国最华丽炫目的摩登大都市，上海人有足够的理由为自己的城市骄傲。

然而，老上海人会有一些惆怅。这座开埠一百多年的港城，曾经是一位学贯中西的绅士，优雅，精致，追求品位。他既能跳探戈，也会唱京剧。今天，物质主义狂潮席卷中国，快餐文化和享乐主义正在侵蚀这座城市曾经的精致。

新上海人也并不都很快乐。那些亮丽的建筑，名贵的商品，高档的餐厅，与绝大多数人其实并没有关系。浮华之下，是为了生存而奔波的蚁民，还有地铁里乞讨的少女。

总会有一些有心人，他们穿过钢筋水泥，走遍浦东浦西，到下海庙里去，到复兴岛上去，到上海滩最后的老街上去，到陆家嘴高楼包围的旧院里去，他们钻进上海的角落里，去寻找上海的根。

也许，我们是应该停下来思考一下了，我们是从哪里来的？应该往哪里去？

2015 年 9 月

八、杭州

江南忆，最忆是杭州。

杭州美色三分，怕是有两分都在西湖。她和喧嚣的都市无缝连接，却又自成清凉世界。"欲把西湖比西子，淡妆浓抹总相宜。"无数人不远千里来杭，就是为了看这一汪湖水。她四季是景，风情万种。春可饮茶，夏可赏荷，秋可摘果，冬可观雪。千百年来，许仙与白娘子的缠绵多情，梁山伯与祝英台的千古绝唱，苏小小的西泠松柏，济公的济世豪情，在浩渺烟波上萦绕，升腾，如梦如幻。

还有一分在小巷深处。一口无名古井，井上绕长绳，吊一木桶，两三妇女蹲于井旁，清洗瓜果菜蔬，闲聊家长里短。渴了，扯上一桶水来，舀一勺，饮一口，抹个嘴，赞一个甜。但见三五个淡淡眉细眼的杭州姑娘，勾着手臂，咬着耳朵，哼唧短促地笑着，从古今边走过。她们许是要去觅一盒蒸双臭或者一碗片儿川；抑或是要去茶楼上，择一个窗口的位置，坐下来，沏一壶碧螺春，听深巷越剧余音，看窗外西湖烟雨。

数十步外，就是巷口，就是高架桥，就是商业中心，就是一张张疲惫焦虑的脸。他们行色匆匆，三五成群，边走边抱怨杭州的路太堵，天太热，房价太高。

2015 年 11 月

附　录

江湖行舟海纳天

文／孙维庭

　　舟生兄将他近十年写的散文汇编成《淘金岁月》出版，他把电子版的文稿发给我，嘱我写点什么。

　　我与舟生相识差不多有十年的时间，记得那年的某天，主持新散文论坛的刘军教授飞书给我，说论坛新来了一位散文写家，叫舟生，以写游记见长，你们两个有相同的写作爱好，可以交流一下。与舟生兄的交往就是这么开始的，后来知道他的大名唤作郑航，舟生是他的笔名，暂居住在天津。但他是哪儿的人、从事什么工作并不知晓，刚开始交往也不好意思问这问那的，所以这些问题只好放在肚皮里，任它们慢慢发酵。其实我并没有打听别人八卦的嗜好，我之所以想获悉这方面的信息，与我以为散文是作者经历和气质表现的观点分不开，我觉得要读透一个人的文字，就要尽可能地对作者做一些了解。就像我们读周作人的散文，要了解他为什么那样喜爱北平的八道湾居所，即便日本人打进城来，他也不愿随蒋梦麟校长一起迁往西南；读叶辛的长篇小说《蹉跎岁月》，要了解叶先生曾经在贵州山乡插队的痛苦经历，等等。

　　舟生是喝着嘉陵江的水长大的孩子。嘉陵江边有小城镇也有大都市，他是从一个叫龙门镇的地方走出来的，这地方以前属南充县，现在叫南充市。舟生提及他的学生时代是这样说的："我向来是热爱学习的好学生，同时也是喜欢逃课的坏学生。"仅仅逃课还谈不上是坏学生，但他书念得不错却是事实。舟生硕士毕业后，像很多蜀人喜欢出川到外面闯荡那样，他去了广州。他之所以背井离乡到异地谋生，我想他不单单只是想混一口饭吃，到北上广打开眼界和寻找发展机会才是初衷。如果纯从薪水待遇看，他应该也算是成功人士，这说明舟生是个挺能干的人，适应性较强。但以我对广州的认识，总觉得那儿既是淘金热土又是尘污飞扬的功利场。也许舟生后来也萌生出这种想法，或许舟生本来就把去广州工作当作触摸社会的试水，一旦试出水温，他就有了新的打算。因为他知道自己适宜做什么工作。2013 年，舟生毅然决然地辞去那份已经混得风生水起的工作，拿起书本，重披战袍，挤上开往博士深造的列车。简单勾勒舟生的履迹，就我而言，这里还含有一层敬意，或许也可以说是惺惺相惜。因为这让我想起了自己的陈年旧事，当年为谋求衣食，到一些待遇不错的企业打拼，可人在企业，心里却觉得自己不适合在其中厮混，最后以腰斩薪水的代价到一所高职学校里任职。

本散文集收有舟生的二十多篇散文，以前是零散地读，这次系统地读，读后对他的了解比以往具象了。如果要用一句话谈一下舟生的散文给我的印象，那就是，这本书是一个漂泊者的心声，作者用脚去丈量世界，用眼睛去识别纷纭复杂的景物，用心去聆听高山流水、历史回响。

《淘金岁月》和《黄花新村》这两篇散文洋洋洒洒，篇幅不算短，记叙了他最初在广州工作和生活的情况，内容遍及吃喝拉撒。刚开始阅读时，我是抱有一定程度的猎奇心理的，我甚至猜测在文中是否有艳遇之类的情节。我没有租住过别人房子的经历，我对舟生写的赁屋而居的细节印象格外深刻。

《淘金岁月》和《黄花新村》不只写了在租屋时的故事，真的让我读出味道的是他在企业里的心路历程。私企里的家族裙带关系通常复杂，到处都伏有雷区。一边读他的文章，一边为他捏一把汗。不过这方面的甘苦，作者并没有直白地说出来，也许不方便说，但他在《黄花新村》中提及的 L 先生的故事，让我确信，这家私企的环境并不适宜舟生。人到中年的 L 先生技术上有一套，千里迢迢从武汉应聘而来，拟在公司担任技术总监一职，因没有和老板嫡系一帮人搞好关系，最后被冷落一边，这个怀揣上海复旦大学文凭、技术上堪称能手的才子只好以失败收场，黯然辞职。这种氛围对于一个耿直的读书人而言，是一种压抑。舟生和 L 先生常在一起喝酒聊天，彼此情感走得很近，用一句古诗形容："同是天涯沦落人"，相识才知相惜，可以这么说，舟生和 L 先生面临同样的心理困惑，L 先生所遭遇的不平之事，其实也日益成为舟生心头的烦恼。

除这两篇散文以外，还有其他几篇如《广州的雨》《过年在广州》都是写他在广州打拼期间所遇所见所游览所思考的事与人及街景风貌。

散文是写自己经历的最合适的载体。生活中有困惑，有苦闷，有不平之事，欲一吐为快的，将它写下来，这种文字最好看，也最能打动人。舟生的广州"打工"系列散文，最有嚼劲的地方就是真心流露，他的创作，不像有些散文写家写得那么花里胡哨，充斥着忽悠读者的精致劲。读舟生的散文，你时时能感受到一个年轻人出门看世界并感受世界的心路履迹。舟生既向读者展示自己，同时也为读者了解他打开了一扇窗。

开篇时提及刘军教授介绍我与舟生结识时，说舟生擅长写游记。确实如此。舟生的游记也写得非常有特色。舟生也许是搭上出差便利的顺风车，也许游览山水原本就是舟生的初心之一，这些年来，无论南岭山水，还是昆明老城，抑或八闽大地，再不就是京畿津渡等地，无不留下舟生频繁的足迹。与一般游客不同，就比如我，到一个地方游玩，也就是几个时辰，最多是住上几天。这样游览，基本上属蜻蜓点水。舟生不是这样玩的，他会去一个地方达数次之多，有时候甚至还会在那儿住上几年。他写昆明，开篇就是"初见昆明"，然后又是"再见昆明"，到第三章时他又说："在昆明的时间长过在广州。"似这样一会再会并且长久地在一座城市客居，由过客到常客，一步步走进一座城市做纵深观察的并不多见。让我们追随《昆明散记》的脚步游览：舟生"带了一本汪曾祺的散文，就奔昆明而去"。初会，写了巫家坝机场的人潮和周边的街景乃至坐着"三个云南男人"的小饭店，待再会时又写了昆明的出租车司机、烧烤店及医院的场景。待转化为昆明常住客时，舟生又绘声绘色地写翠湖的景色和咖啡厅、西餐厅、酒吧以及红嘴鸥的故事、云南陆军讲武堂旧址等，他还特意去找了汪曾祺当年在翠湖边读书晒太阳的地方。游记至此并没有止笔的意思，作者继而又写了一个很有意思的酒店，酒店上方拉着用英文书写的"顺其自然，为了人"的条幅，还有昆明老街"两三层的黑瓦红木的歪歪斜斜的老房子"。这篇游记，是一个人向一座城市提交他看到的风光人情画面，并在此基础上散发出来的内心激情。看似不讲布局，信笔写来，实则疏落有致，自然从容。读这篇游记，仿佛跟随作者走过昆明的街道、学校、医院、宾馆、饭店，其中那个"脑后却扎条时髦的小辫子"的五十多岁的酒店老板和那个自以为是、滑稽好笑的肥胖的茶叶店女店主给人留下了深刻印象，而那名声在外、多吃不厌的小锅米线也让人垂涎欲滴。作者在昆明长住，要写的东西很多，他也确实写了很多东西，但他是有选择地来写的，虽然不胜丰繁，却并非芜杂散乱，而是有舒有疾，能于平淡之中展现摇曳生姿的多角度的昆明。舟生这篇游记，当年一经发表便引起很多散文写手的关注，大家纷纷在评论区留言点赞，著名散文评论家、河南大学教授刘军推荐此文为精华散文。我今日重读，亦觉甚好，并佩服刘教授的眼力。

其他几篇游记，如《福州在回忆里》《五月在江汉油田》等都是非常棒的散文，前文对一座城市的追忆，屐痕所至，心灵所遇，令人难忘；后文在描写景致的同时，插叙大量亲情，至亲至爱，非常感人。

游记中有诸多地方是写品尝美食的闲章，这些看似俯身可尝的餐桌佳肴，使人看到身为蜀人的舟生还是位"吃客老饕"，川人天性懂吃，舟生出川后，对各地的美食饶有兴趣，凡到一地，都将地域小吃放其舌尖之上品尝，并将其拿来与家乡美食做比较，会吃还不算本事，用文字写出来，渲染之余，大吊读者的胃口，这才是真功夫。他这吃的本领真的让在下心生遐想，如有机会，一定让他领着我，到重庆的街头体验一番。

舟生的游记，如同写日记般随意和自然，目力所及，随记随写，文字如行云流水，不择地不择山，不拘形而泻，姿态多样，毫不拘束，他之所以能够把游记写成这样，我觉得大约缘于两点：一是职场压力大，审美情趣内伤严重，他需要找到一块地方疗伤，重拾对美的定位和信心；二是自幼读文史地理，积累太多的想法，他想亲访遗迹现场，发发呆，凭吊古人与故事。

舟生写散文不属于那种下笔之前就已瞄好了要发表的目

186

标，他写散文好像只是为求得自己的心声有一个好的流露，这种不随众、不市侩的写法，通常都是有想法有个性的人所为。他在散文集出版前嘱我写点什么，大约也有把我当作同道的意思，这让我有些惭愧并惧怕辜负了他的美意。江湖行舟海纳天，尽管我没写出什么，但我还是尽力地把我读了以后的一点感想告诉他。《淘金岁月》出版在即，真为他高兴！

　　　　　　　　2022 年 5 月 15 日于上海嘉定横沥河畔

文学青年的舟公

文／程　阳

　　舟生即舟公，《向度》的编辑，新散文和向度四公子之一。有人发出一段信息，向我介绍。听说过民国四公子等等，有此头衔者，往往非富即贵，文学QQ群里的四公子，缘起何处？见我有些茫然，爆料者发出舟公的一张照片。舟公，以其形貌，神似国宝之憨态可掬，故得四公子之头名也。

　　其时，舟公主持《向度·品城》专栏，他在QQ群里，聊起天来，爽朗健谈，交好八方文人，善于组织稿源，《品城》一时成为《向度》的名牌专栏。他的散文，也擅长写城。跳出四川南充龙门镇的舟公，求学于蓉城，淘金在花城，得道在天津，执教于重庆。广州的暴雨，成都的细雨，南充的巴山夜雨，其所淋之雨多矣。远行客舟公，执笔写雨，也写尽了雨和雨的不同。其文墨雨点滴，皆在路上，在远行路人的那一缕归期未有期的思绪里落下。他的文章，或许因为多写羁旅天涯，又喜好郁达夫的文章，文学语言中，娓娓里透着一丝幽幽郁郁，和他日常聊天的爽快南北背驰。

　　川人好吃，舟公也不例外。他的笔下，不见觥筹交错的豪华盛宴，只见天津的煎饼馃子，福州的锅边，北京冬夜里的驴肉火烧，昆明的小锅米线……朴素平凡的食物，往往是最美的一餐。米线更是他的至爱，无他，只因南充米粉，是魂牵梦绕的家乡美食。他在朋友圈晒南充米粉，九宫格图中，三五块牛肉，青碎一抹，两个油饼，插在一碗红油汤粉边上，状似猫耳，可爱得馋人。舟公说，他的本性调子是灰的，文字于是也忧郁。其实，灰的、忧郁的上面，淋一碗麻辣烫的红汤米粉，或许更符合他的本性。

　　《向度》编辑的《九十年代回忆录》，舟公是责任编辑之一。书成于众手，交稿时间难免前后不一，催讨文债的重任，就落在舟公肩上。他的词锋锐利，三言两语，欠其债者，往往就受迫不过，缴文安宁了事。如果拿宋词打个比喻，舟公的聊天，是北宋小令，那么他的散文，就是南宋慢词。颠沛的生活，动荡的情感，压抑的工作，城市光怪陆离的种种细碎处，密集到甚至可以说是写得琐碎。所有这些，和着黄花岗那些干大事的男人的墓园，大丈夫当如是慷慨，在没劲无聊的人生琐碎中隐约浮现。

　　舟公的文章是矛盾的，无论是我所了解的日常聊天，抑或是看到的字里行间。如果是他的学生，于课堂上所见的郑博士，讲课的节奏，或许不紧不慢。气定神闲的风度翩翩，那又是其人之另一侧面了。

　　文如其人，品文者，大多会用的这四个字，用在舟公其人其文上，需要再加三个字，"文如其人之一面"或许更为准确。作者如是，读者何尝又不是如此？我们所写的，所读的，所能感受到的，有共鸣的，终究只是，也只能是，我们目力所及的那一面。

舟生的淘金岁月

文 / 张亚莉

  "一座城市，是一个鲜活的生命体，有五官，有气质，有性格，有思想。她不断地在吐故纳新，总是处于过去与现在的交汇中。

  "不同的人，不管是这座城市的定居者，还是漂泊者、旅行者，他们以各自独特的视角与情感，来打量和诠释这座城市的过去与现在。"

  这是舟生在做《向度·品城》策划时给栏目写的导语。舟生当时在天津大学进修，于学习之余和朋友们创办文学刊物《向度》。后来舟生完成学业回乡，随后离开《向度》，去实现自己的医学梦想。

  我就是在这一时期认识舟生的，舟生是位非常有耐心、非常执着并且坚持原则的好编辑，得益于他的帮助和敦促，我有幸与《向度》结缘。我们都是新散文论坛的成员，我写的一篇读后感里引用了舟生的一句评论，"在旅行中找到自我照见自我"，论坛里的评论家读了之后留言说只有引用的那一处有新意——这令我又羡慕又佩服。舟生在QQ群里相当活跃，大力推广他们的刊物，表现出非凡的智慧和能力。

舟生这本散文集大部分写于二十一世纪之初，他自称写作是业余爱好，但文笔纯净不掺杂质，雅致秀气，读来绝没有恶俗的气焰，相反品相极好，非常耐读，给人一种静水深流的感觉。其中不乏精品，部分收录于新散文微信公众号，比如《过年在广州》《黄花新村》《登机口》《冬夜忆吃》。

舟生在广州工作的经历，成就了他的《淘金岁月》；四处行走的机会，成就了他的《羁旅天涯》《尘世微末》；爱读书的好习惯，更有了《朝闻夕逝》的侃侃而谈。

《淘金岁月》里他是到广州打工的上班族，先是住在淘金坑，却无金可淘，后搬去黄花新村，将广州城的现代气息和庞杂物一一勾描，展示出一个无时无刻不在变化着的世界。他写道："因遇到大雨，的士搁浅，被迫从车上下来，水立刻就淹没了整个小腿，这哪还是路面，简直就是个池子，可以游泳。我们挽起裤脚至大腿，提着鞋子，从大街一头蹚到另一头，好不狼狈。在广州，穿一双好皮鞋，对于奔波颠沛的市井小民来说，是极大的浪费。不知道哪一天就要被这样一场雨报废。"

舟生后来求学又去了天津，然后到了重庆，成了郑老师。他在学业上孜孜不倦，也有机会游历各处名胜古迹。他写游记却并不循规蹈矩，而是目的明确，颇有自己的思考和见地，随他的脚步行走绝不会是走马观花。他的《尘世微末》与成长相关联，《天津的风花雪月》叙写进修之路，《白塔山下》叙写童年往事，写作方法比较特别，很有时空感。探亲回家听从母亲的吩咐去学校接外甥放学，一路行走，鹤鸣巷、小街、小学校、白塔山、嘉陵江……依次呈现，回忆、冥想，再回归现实："这里就是我童年世界的边缘。从鹤鸣巷到嘉陵江边这一段不长的路程，我走了十五年。"仿佛看到一个小男孩蹦蹦跳跳从岁月深处跑来，渐渐近了，换了装束，换了神态，从稚气未脱到青春活力再到老成持重。从中能够了解到舟生性格的一些特点。他像大多数四川人那样，有着洒脱灵动、不拘泥的超前的现代感。

有人说一个人有两个自己，一个属于物质，一个属于精神，这两年舟生没有消息，郑老师开了专业课，我以为从此只有严谨的医者，再无游戏人间的狂人。非常欣慰能够看到郑航的散文集，我把这本书看作是舟生修成正果的心路历程，灵魂与肉体的完美融合。

祝福舟生！祝福郑航！

华年似水笔生花

文/吕 峰

　　人与人的相遇需要缘分，我与郑航兄的相识颇为奇妙，初时他是编者，主持民刊《向度》的《品城》栏目，我是作者，给他投稿，并有幸刊发了关于杭州、南京等城市的小文。后来，他南下求学，我遂自不量力地接下了他的担子，于是乎，我成了编者，他转身成了读者、作者。对我来说，这堪称是妙不可言的趣事。

　　从郑航兄的手中接手《品城》栏目后，不知不觉编了三年，直至《向度》休刊，现在回想起来，那是一段美妙的时光。因为那段时光，我结识了济南的酸枣主编、安阳的扶风兄、江西的王俊姐、郑州的寇洵弟以及四处流浪的志红姐等诸多师友。那段时间，与郑航兄的交流少了，但颇有种相忘于江湖的意味，时不时地问候一下，询问一下近况。再后来，他学业结束，重返山城，就职于重庆医科大学。看他整天忙于业务工作，为其高兴之余，我心中亦有些叹然，可惜了他一手的锦绣文字。

　　时光如白驹过隙，在花团锦簇的壬寅年春日，郑航兄给我寄来了一部书稿，并嘱我写些文字，说是纪念也是缅怀。我在高兴之余，也有些忐忑，怕一叶障目不见泰山。可是作为他的老友，我又责无旁贷。我几乎是一口气读完了他的《淘金岁月》，中间没有一丝一毫的停留。当我翻完最后一页，已是黎明时分，朝阳挂在了天边，红红的，灿烂无比，阳光从阳台照进来，暖暖的，却不炎热，那是春阳独有的味道。我意识到，彻夜一口气读完一本书，于我是很久很久没有的事了。合上书卷，我的思绪还沉浸他的笔墨营造的氛围中，感受到了一个居于文字里的有趣的灵魂，并随着他身临其境地去听、去看、去体味人生的况味。

　　在翻阅书稿时，我想起了宋代诗僧释德洪的诗："冷斋托宿自携衾，卧听松风度栗林。黄卷青灯纸窗下，白灰红火地炉深。"眼前浮现的是一个孜孜不倦、挑灯夜读的身影，郑航兄用执手术刀的手执笔、翻书，耐得住寂寞，也耐得住清贫。对一名写作者来说，文字是精神的依赖、生命的凭借，写作也如同春日的醉酒、秋日的放歌、冬日的围炉，单薄的生命会借此丰满起来、妖娆起来。对郑航兄而言，能遨游在文字的海洋里当真是一件幸事。

　　在阅读过程中，我的脑海中不时地闪现着几个词语，这几个词语既是我读完《岁月流金》的感触，也是郑航兄为人为文的魅力所在。

　　向美而生。德国哲学家海德格尔曾言："人要诗意地栖居在大地上。"钱穆先生说："人类在谋生之上应该有一种爱美的生活，否则只算是他生命之夭折。"郑航无疑有一颗向美、向善的诗意之心，正因如此，他的文章才有了诗意，才有了勃勃的生命力，才有了打动人的力量，如红日之初升，如明月之皎洁，不得不说读这样的文字，实在是让人快慰，《昆明散记》《大理遇故人》都是不可多得的佳作。因为有编辑《向度》的

194

共同经历，我最先翻看的是《〈向度·品城〉引文集》，读来十分亲切。细读起来，每一篇引文都极有味道，或者说精准地概括了那几座城市的特征，甚至是那几座城市的前世今生，如关于广州的导语：

"广州成了一座以漂泊感著名的城市。

"若恰逢过年，都市的摩登与喧嚣日渐退去，漂泊者的眼里，尚可以看到老广州的传统特质和新广州的细枝末节。"

故园情怀。故园对每个人来说都是一个挥之不去的梦，眷恋故土是人的本性，哪怕那片土地是荒凉的、是贫瘠的，都一定生长着属于这片土地的植物，都可以开出属于这片土地的漂亮非凡的花。艺术大家黄永玉在《无愁河的浪荡汉子》中写过一句话："文学上，我依靠永不枯竭的古老的故乡思维。"对郑航来说，故园的过往以及那些人生经历都是取之不竭的创作宝藏。故乡的风景、风物、习俗、传说等，组成了独属于他的生命密码，构成了独属于他的文学因子，正如他在《白塔山下》所写的："这里就是我童年世界的边缘。从鹤鸣巷到嘉陵江边这一段不长的路程，我走了十五年。"从中可感受到他对故园怀着的深深的挚爱与敬意，犹如智慧之火，照人前行，如同一杯烈酒，喝下去，是滚烫的，是灼人的。

人文关怀。巴金先生说过："人为什么需要文学？需要它来扫除我们心灵中的垃圾，需要它给我们带来希望，带来勇气，带来力量。"追求人文关怀是文学作品精神品格的重要体现，每一部优秀的作品都是具有人文关怀的作品。在这个喧嚣的大环境下，如何保持内心的宁静和纯洁是每一名写作者都要面对的问题。庆幸的是，郑航做到了这一点，他写出了当前社会富有意味的东西，可以建立起当代社会生活的内在真实。

"人生到处知何似，应似飞鸿踏雪泥。"在人生的漫漫旅途中，若是能留下一些微浅的印记，都是可喜的，也是让人高兴的。虽然每个人都无法逃避命运的安排，都无法回避岁月的挑战，但无论怎样，我们都应该向美而生，向美而活，向美而乐，苦也好，痛也罢，都要勇敢以对、微笑以对。最后，分享里尔克的一句诗，与郑航兄以及所有的读者朋友们共勉："挺住就是一切"，要做文学坚强的战士。

我们都是漂泊者

文 / 贾志红

　　那时我们在某个文学论坛读彼此的文字，在那块被坛主小心呵护着的文学阵地上，我们和一群文学热爱者怀着一腔激情边发布着自己的文字边拜读其他文友的文字，在某个帖子下如盖楼一般层层叠叠写下自己的点评，也盼望其他文友在自己的帖子下构筑大厦。因为在虚拟空间的缘故吧，除了惯有的客气，我们能读到很多真话。我读到他的文字的时候，并不知道他的真实姓名叫郑航，他把自己隐藏在舟生这个笔名里。

　　名字不是真名，他的文字却是充满真情的。我凭什么判断他的文字是充满真情的呢？或许就是他笔下的漂泊感吧。记得读的他的第一篇文章是《黄花新村》，他写自己孤身一人在异乡谋生，在南国的大都市广州，独自一人；在茫茫的人潮中，独自一人。碰巧那个时候我也是类似的状态，远离家人，独自在陌生城市的写字楼中望着窗外的万家灯火发呆。因而，他笔下的黄花新村或许就是我客居的那座城市的出租房，结构、家具、暖色的窗帘以及一个漂泊者努力想营造出的烟火气息统统在我的感受中获得了认同。

　　后来，他以民刊《向度》栏目《品城》主持人的身份向我约稿，建议我写写城市、写写我的故乡武汉。当时我正被我漂泊着的那座城市的繁杂工作包围着，而提笔写故乡之城似乎需要某种闲淡的心境，因此我并没有如他所愿写下关于江城的文字，但是他在《向度·品城》的主持词，我是每期必读的。昆明、济南、广州、北京、西安、成都、上海、杭州，他娓娓道来，城市在他笔下是鲜活的生命体，有五官、有气质、有性格、有思想。他像画素描般，寥寥几笔便把这些城市的神韵勾勒出来。也难怪，这些城市是他漂泊的足迹抵达过的地方，对于这些城市而言，他既不是定居者也不是旅行者，而是介于两者之间，因而他既有定居者的闲适悠然又兼具旅行者的惶惑匆忙。城市的灯火中有一盏是我们漂泊者点燃的，它是我们亲手点燃，而它似乎又不属于我们，但，我们干吗要纠结它属于谁？它属于所有人，它不属于任何人。

认识很久以后我才知道郑航的职业，原来他竟然是医药研究者。这样的职业大概需要更多的理性思维吧。如此，再读他的文字，便品出了一些柔软之外的东西，那到底是什么？您读一读这本集子，或许就有了答案。

医药研究者郑航在科研之余写作散文，他用文学的方式抵抗光阴的远去，一如医生用药物为病者挽留时间。他的散文，笔调冷静、情感克制，充溢着对生活的思考却又不乏人间烟火的浓度，在看似散漫的叙述中，步履间闪回的城市、来来往往的人和事似乎遥远而生疏，却终究汇聚于他的笔下，并因他笔端的恒温而呈现理性和情感的彼此交融。